망각하는 자에게 축복을

안전가옥
오리지널
24

민지형
장편
소설

망각하는 자에게 축복을

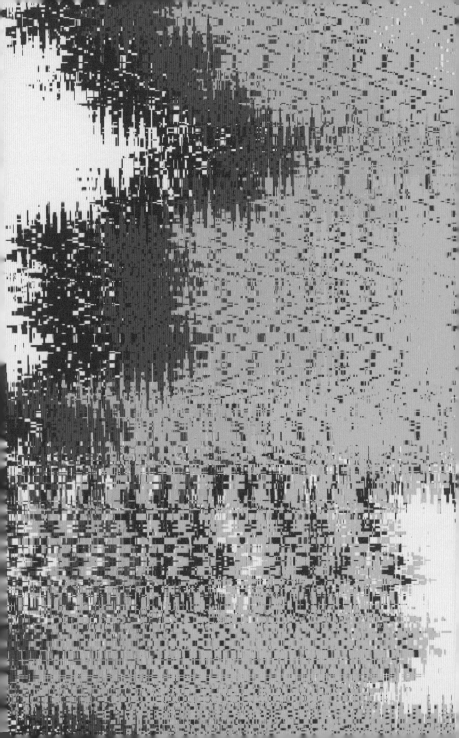

차례

1.
재이는 알고 싶다

"이것은 과학 기술을 가장 낭만적으로 이용한 사례가 될 것이며, 현대 인류의 가장 아름다운 발명품이 될 것입니다."

낯선 목소리에 재이는 잠에서 깼다.

눈을 뜨자마자 아기 피부처럼 보드라운 베네치아산 통가죽에 폭 안긴 포근한 느낌에, 쪽잠을 잤는데도 더할 나위 없이 개운했다. 한국에 딱 두 개밖에 없는 제품이라 했던가? 이 브랜드에는 이번에 처음 누워 봤는데 꽤 괜찮다. 지난 집에 있었던 물소가죽은 너무 딱딱했다. 의외로 송아지가죽도 야무지고⋯ 최악인 것은 양가죽 소파다. 약해서 청소랑 관리가 너무 힘들거든.

그런 생각을 하며 여전히 누운 채로 최고급 재질의 소파를 멍하니 쓰다듬는데, 별안간 누군가가 재이의 몸을 만지기 시작했다. 발목 언저리를 두툼한 손가락으로 더듬기 시작해서 종아리에서부터는 손끝을 세워, 손톱이 살갗을 스치는 느낌이 선뜩했다.

당황하지 않고 고개를 돌려 보니, 이 대저택의 주인, 재이가 '사장님'이라고 부르는 60대 중반의 늙은 남자가 소파 끝에 앉아 태연한 얼굴로 TV를 보면서 손으로는 재이의 다리를 지분거리고 있었다. 이대로 잠시 모르는 척하고 있으면, 금방 허벅지 안쪽까지 타고 들어올 기세였다. 몇천만 원짜리 소파의 보들보들한 천연 가죽을 늘 깔고 앉고 살아도, 역시 살아 있는 20대 여자의 살결만은 못한 거지. 언젠가 시안을 만나면 해 줄 농담이 또 생겼다고 생각하면서 재이는 슬쩍 시간을 확인했다. 곧 '사모님'이 요가에서 돌아올 시간이었다.

잠깐 생각하다, 재이는 헛기침을 하며 몸을 일으키고 다리를 마루에 떨어뜨렸다.

사장님은 아무 일도 없었다는 듯 반응하지 않고 얼굴을 TV에 고정하고 있었다.

"아, 저도 모르게 잠이 들었네요…"

거짓말이다. 재이는 반드시 오후에 낮잠을 잔다. 이 집에 온 순간부터 소파를 노리고 있었고, 오늘 드디어 기회를 잡아 잠들었을 뿐이다.

하지만 재이가 귀엽게 얼굴을 붉히며 말하자, 사장님이 환한 얼굴로 괜찮다는 듯 고개를 끄덕거렸다.

입주 가사 도우미로서 재이의 제1 목표는 언제나 적게 일하고 많이 쉬는 거였다. 한 가지를 더 보태자면, 많이 엿보는 것.

이 집에 온 지는 이제 5주가 조금 지났다. 성북동 산자락에 근사하게 자리 잡은 초호화 타운하우스에서 입주 가사 도우미를 찾는다는 문자를 본 순간, 재이는 좀 야박한가하는 의식도 없이 석 달여 일하는 동안 자신을 손녀처럼 아껴 줬던 할머니의 요양 보호를 작별 인사도 없이 때려치웠다.

아, 뭐 어쩔 건데요. 그렇다고 진짜 손녀는 아니잖아.

그 집에서도 물론 편하게 지내긴 했다. 다리가 조금 불편할 뿐, 정신도 팔도 멀쩡한 분인 것이 행운이었다. 물론 그러지 않았다면, 재이가 거기까지 가지도 않았을 것이다. 좋은 자리를 찾는 데는 이제 도가 텄으니까.

그 집에는 이렇게 비싼 소파는 없었지만 대신 사랑이 넘치는 할머니가 있었다.

매일 휠체어를 밀며 30분 정도 함께 산책하고, 늘 똑같은 이야기에도 "와, 정말요?", "우와"라고 추임새를 넣고, 할머니가 손수 차려 주는 밥을 맛있게 먹기만 하면, 귀여움을 잔뜩 받을 수 있었다. 그 집의 물건을 자유롭게 만지고, 뭐든 볼 수 있던 것도 물론이었다. 할머니의 재산이 적지 않은 것을 알았을 땐 재이의 마음이 조금 흔들리기도 했다. 몇 년만 더 여기서 죽치고 지극 정성으로 비위를 맞추면서 진짜 손녀가 되어 볼까 하는 생각이 들어서였다.

하지만 온화한 할머니와 단둘이 보내는 평온하고 비슷비슷한 생활은 금방 싫증이 났다. 아무리 확실한 돈벌이가 예정되어 있다고 해도, 당장 하루하루가 지루한 것은 견디지 못하는 성격 탓이었다. 시안에게 이 얘길 하면 어이없어하는 표정을 짓겠지만, 그래도 결국 잘했다고 말해 줄 것이다. 재이보다는, 할머니의 입장에서겠지만.

아무튼 재이는 충동을 참지 못하고 결국 거처를 옮겨 버리고 말았다.

부자들이 사는 폐쇄적인 타운 하우스, 아이들을 다 독립시키고 중년의 부부 둘만 남은 집. 뭔가 섹시한 일이 벌어질 것만 같은 분위기가 딱 맘에 들었다. 한동안 너무 수수한 곳들만 전전한 것도 사실이었고.

하지만 지금까지 벌어진 재미있는 일이라곤, 사장님의

은근한 추행과 사모님의 끝나지 않는 경계뿐이었다. 별로 재미없네.

재이는 곁눈질로 사장님의 얼굴을 흘끔 보았다.

조금 전까지 멋대로 만졌으면서, 멍청한 얼굴로 아무 일도 없었다는 듯이 85인치 TV를 향해 있는 얼굴이 우스우면서도 고까웠다. 주름진 미간을 톡 하고 한 대 때려 주고 싶을 정도로.

티 나지 않게 그의 얼굴을 훔쳐보다가 그만 일어나려던 순간, 그제야 화면에 시선을 주었던 재이는 그대로 다시 소파에 주저앉았다.

"저 사람, 누구예요?"

흰 바지 정장을 위아래로 갖춰 입은 단발머리의 늘씬한 여자가 무대 위에 서서 작고 가볍고 뭔가 최첨단이면서 분명히 아주 비쌀 것 같은 신제품을 손에 들고 소개하고 있었다.

"리사."

사장님이 말했다.

아, 리사ㅡ. 그래서 낯이 익었군.

재이의 머릿속에 한 장의 사진이 떠올랐다.

보라색 머리에 까만 원피스를 입고 있던 서늘한 눈빛의 여자아이. 거기에 그의 허리를 감고 선 흰 점프 슈트를 입은 또래 여자아이와의 묘한 분위기까지 더해져, 10년여 전의 인터넷을 떠들썩하게 만든 미국에서 찍힌 '재벌 3세 외동딸'의 첫 파파라치 사진이.

호라이즌의 회장인 노아에게 딸은 리사뿐이었지만, 다섯 살 위로 리오라는 아들이 있었다. 그리고 리오는 어렸을 때부터 아버지 밑에서 경영 수업을 받고 있네 어쩌네 하는 시답잖은 일들로 자주 언론에 모습을 비추곤 했다. 그에 비해 딸인 리사는, 그때까지 철저히 베일에 싸여 있었다.

하필 자신과 동갑이기도 했기 때문에 그에게 약간 관심이 있었던 재이는 이렇게까지 얼굴을 공개하지 않는 걸 보니 분명 그 딸이 엄청나게 못생겼을 거라고 생각했었다. 코가 이상하거나 턱이 이상하거나 할지도 모른다고.

하지만 처음으로 그 사진을 보았던 10대 시절의 그 순간, 재이는 생각했다.

'뭐야, 세상이 내 생각보다 더 불공평하네.'

그래서인지, 이 얼굴을 아직도 기억하고 있었다. 특히 날카로운 눈매와 무표정.

하루 24시간 중 20시간 정도는 어쩔 수 없이 좀 비굴하게 살아야 하는 사람들 사이에서 나고 자란 재이로서는, 처음 보는 강렬한 인상이었다. 그게 좀, 어쩔 수 없이 부러웠달까, 빛이 난다는 것을 인정하지 않을 수 없었달까… 아무튼, 예뻤다. 분하게도.

"여전하네…"

비록 딱 한 장의 사진을 본 것뿐이었지만, 꼭 10여 년 전의 얼굴에서 몸만 자란 것 같은 인상이라 무심코 혼잣말이 나왔다.

그러자 사장님이 물었다.

"어, 아가씨를 알아요?"

"아− 뭐, 다들 알잖아요. 그 유명한 3세신데."

그러자 사장님이 안심한 얼굴로 그럴 줄 알았다는 듯 어깨를 으쓱했다.

농담도 잘하네− 같은 옅은 플러팅의 눈짓도 섞어서. 으웩.

"근데 저건, 뭐 하는 신제품이래요?"

재이의 질문에, 사장님이 신난 얼굴로 대답하려 하다가

이내 리사의 목소리가 시작되자 직접 들어 보라는 듯 요란스럽게 검지를 흔들며 TV를 가리켰다. 그러고 보니 이 사장님도 호라이즌의 중역 출신이라고 했었지. 이 사람들은 회장 일가가 화면 속에 있어도 말을 양보하는구나. 좀 웃기다는 생각을 하면서 재이는 일단 리사의 목소리에 귀를 기울였다.

"죽기 전에 꼭 한 번은 가 보고 싶은 곳. 여러분에게도 그런 곳이 있으신가요?"

사진만 보고 상상한 것과는 조금 다른 느낌의 목소리였다.

"보라보라섬, 아프리카 초원, 앙코르와트 유적지, 북극, 사막… 어디든 다 좋습니다. 하지만 취향과 경험이 다른 전 세계 모든 이들이 똑같이 꼭 가고 싶어 하는 단 한 곳이 있습니다. 제가 지금, 그걸 맞혀 보겠습니다."

아니, 어쩌면 비슷한가. 또렷하고 정확하면서도, 역시 차갑다.

"여러분 각자의 인생에서 가장 행복했던 기억 속, 바로 그곳입니다. 라이프 랜드스케이프는 최고 수준의 뇌 스캔 기술과 최첨단 VR 기술이 결합된 기기입니다. 여러분의 기억을 스캔해서, VR 기기를 통해 지금 막 눈앞에 벌어지고 있는 현실처럼 생생하게 체험할 수 있게 합니다."

저런 사람들도 우리처럼 똑같이 세 끼 먹고, 화장실도 가고 하겠지….

"공간의 모습은 물론, 냄새, 촉감… 모든 것이 당신이 기억하는 그대로, 생생하게 되살아납니다. 오늘 밤, 기억 속 그곳에 직접 방문해 보십시오. 원하는 만큼 머물러 보십시오."

그러더니 리사가 당당한 워킹으로 무대 뒤로 잠시 사라졌다.

곧 화면 가득, 한 20대 남자의 얼굴이 떠오른다.
남자는 물론, 주변의 사람들까지 모두 부직포로 만든 마스크를 쓴 채로 도심을 걷고 있다.
어느새 카메라는 남자의 시점 샷으로 온전히 바뀐다.
역 출구 앞에 서서 주위를 두리번거리는 남자. 저쪽에서 연두색 스웨터를 입은, 역시나 마스크를 쓴 여성이 누군가를 기다리는 듯하다가 이쪽을 보고 고개를 까딱한다. 남자는 마주 고개를 숙이며 그쪽으로 걸어간다.

'말씀 많이 들었다'는 식의 지극히 의례적인 대화들이 짧게 오가고, 둘은 나란히 식당으로 들어간다.

계속 마스크를 낀 채로 마주 앉아 서로의 눈만 바라보며 어색하게 메뉴를 시키고 잠시 기다리다가 음식이 나오자….

묘한 기대와 설렘이 가득한 눈짓을 주고받은 뒤, 천천히 각자 마스크를 벗는 순간이 슬로 모션으로 연출된다.

살짝 시선을 내리깔고 부끄러운 듯 얼굴을 붉히던 남자와 여자는, 이제야 온전히 드러난 상대방의 코와 입, 얼굴 전체를 서로 훔쳐보며 슬며시 웃는다.

이윽고 암전되며 흰색 자막이 떠오른다.

이것이 35년 전, 우리의 첫 만남이었습니다.

화면이 다시 밝아지면, 머리에 단자를 붙이고 고글을 쓴 채로 앉아서 쓸쓸하게 웃고 있는 장년의 남자가 보인다. 그 뒤로 보이는 아내의 영정용 사진. 또다시 자막이 덧붙는다.

다시는 만날 수 없는 사람과의, 가장 행복했던 날.
바로 오늘, 그날로 돌아가실 수 있습니다.
라이프 랜드스케이프, 1세대 모델 사전 예약 중. 호라이즌.

재이의 눈에는 따분할 정도로 전형적인 감성 광고라 별

감흥이 없었는데, 무심코 옆을 돌아보니 사장님이 코를 찡긋거리며 괜히 킁킁거리고 있었다. 설마… 감동한 건가? 그렇구나, 돈도 시간도 많아서 본격적으로 추억팔이하고 싶은 돈 많은 장년들에게 딱 맞는 물건인 것이구나. 그럼 혹시, 사장님도 사모님이랑 만났던 날로 다시 돌아가고 싶은 걸까…? 에이, 왠지 그건 아닐 것 같은데…

재이가 태연한 얼굴로 바로 옆에 앉아 있는 사장님에 대한 적나라한 상상을 이어 가는데, 다시 무대 위로 돌아온 리사의 옆얼굴이 화면에 가득 찼다.

그 순간, 꼬리를 물던 생각들이 스위치를 껐다가 켜기라도 한 듯 순식간에 깨끗해졌다. 리사의 또렷한 이목구비가 다른 쓸데없는 것들을 모두 밀어내기라도 한 듯.

가만, 그러고 보니 리사 같은 사람의 집에는 어떤 가사 도우미가 가는 걸까? 가사 도우미가 되어서라도 가 보고 싶다. 엿보고 싶다…….

그때, 갑자기 사장님이 재이 쪽으로 얼굴을 들이대며 말했다. 놀랍게도 정말로 눈가가 조금 촉촉해진 채였다.

"진짜 대단한 기계지? 그치?"

재이는 당황하지 않고 빙긋 웃으며 말했다.

"네, 진짜 대단하네요!"

그 대답이 만족스러웠는지, 사장님이 싱글벙글 웃더니 허공에 대고 큰소리로 외쳤다.

"헬로, 라이프 랜드스케이프 가격 얼마야?"

헙. 작게 숨을 삼키며 재이는 조용히 놀란 마음을 진정 시켰다. 이제 적응이 될 만도 한데, 아직도 종종 이런다니까.

곧 실제 인간의 목소리보다도 훨씬 더 부드럽고 진짜 같은 AI가 대답했다.

"한정판 출고가, 8990만 원입니다. 지금 바로 구매해 보 시겠어요?"

뭐어? 아무리 최근 몇 년간 물가가 올랐다고 해도 그렇 지, 용도도 명확히 알 수 없는 신제품에 그 정도 돈은 좀… 국산 신차는 충분히 뽑을 수 있는 가격이잖아.

재이는 속으로 그렇게 생각하면서 문득 사장님의 얼굴 을 훔쳐보았다.

그러나 그의 얼굴은 의외로 여전히 웃고 있었다. 그 정도 면 충분히 지불 가능한 액수라는 건가… 재이로서는 호기심을 자극하는 미소였다.

그때, 현관문이 열리며 사모님이 들어왔다.

머리도, 화장도 요가를 가기 전과 조금도 다르지 않은, 흐트러짐이 전혀 없는 모습이었다. 어떻게 사람이 저럴 수가 있는 것일까? 볼 때마다 순수한 신기함과 경외심이 들었다.

사장님이 "어, 잘 다녀왔어?" 하고 가벼운 인사를 건넸지만, 사모님은 "네에" 하고 말끝을 흐리면서 그로부터 시선을 피하며 세탁실로 향했다. 그러곤 문을 열기 전에 그 앞에 서서 재이를 향해 자신이 들고 온 요가 가방을 살짝 들어 보였다. 재이는 엄지와 검지를 말아 붙이며 오케이 표시를 했고, 사모님은 안심했다는 듯 자기 방으로 들어갔다.

이제, 사모님은 재이가 저녁을 차렸다고 알리기 전까지는 방에서 나오지 않을 것이었다.

어느새 리사의 프레젠테이션도 끝났다.

재이는 TV를 끄며 괜히 눈알을 굴리는 사장님을 피해 바쁘게 엉덩이를 떼고 일어났다.

그리고 부엌으로 향하기 전에, 잠시 자기가 쓰는 손님방으로 들어갔다.

오늘 사장님이 다리를 만진 일은 어디든 적어 둬야 했다.

이 집에 있는 동안 언제 무슨 일로 협상을 해야 할지 모르니까. 이런 것조차 재이에겐 일상의 일부일 뿐이었다.

이젠 아무도 보지 않는 투박한 판촉용 종이 달력 위로 연필이 사각거리는 소리를 듣다가 문득 재이는 아까 들었던 말의 진짜 의미가 이해되었다.

여러분의 가장 행복했던 기억 속 그곳.

그런 곳이라곤 없어서 늘 도망치듯 정처 없이 떠도는 자신과, 수도 없이 많은 행복한 기억 속으로 돌아가기 위해 8990만 원짜리 기기를 사들이는 삶, 심지어 발명해 내는 삶.

우리들의 삶은 닿을 수도, 닮을 수도 없을 것이었다. 영원히.

무표정한 얼굴로 방에서 나오면서 오늘 저녁 요리는 코코뱅이 좋겠다고, 재이는 생각했다.

＊

일주일 뒤.

재이는 텅 빈 저택에서 거실 장식장 안의 먼지를 터는 척하며, 전원이 꺼져 있던 디지털 액자를 켜서 사장님 부부의 사진을 훔쳐보는 중이었다.

　　대학병원을 배경으로 흰 가운을 입은 남자와 조금 젊은
사장님.
　　리조트 선 베드에서 여유롭게 시간을 보내는 젊은 남자
와 눈매가 비슷한 젊은 여자, 그리고 사장님.
　　사장님과 사모님.
　　다시 사장님과 아까 그 젊은 남자와 여자.
　　사모님의 독사진.
　　열 살도 채 안 되어 보이는 어린 여자아이와 사모님, 사
장님.
　　다시 대학 병원.

　　젊은 남녀는 사장님의 아들과 딸이겠지만, 기껏해야 열
댓 살 차이밖에 안 나 보이는 이 집의 사모님이 그들의 친모
는 아닐 테고. 미국에 가 있다고 했던 고등학생 딸이 바로
이 어린아이겠네. 사장님은 이전에도 결혼을 한두 번은 했
을 테고…

　　흐응 하고 콧방귀 뀌기도 귀찮은 전형적인 케이스였다.
　　못사는 사람은 제각각의 이유와 모습으로 다양하게 못
살지만 잘사는 사람들은 다들 비슷한 모습으로 잘사는 법이

었다. 그 비슷비슷한 모습이, 행복이라는 것과 어느 정도나 가까운 건지는 재이로서는 알 도리가 없었지만 말이다.

하지만 그래도 몇 가지 궁금증은 남았다. 도저히 결이 안 맞는 이 둘이 어떻게 결혼에 이르게 된 것인지— 그건 좀 재이의 상상을 자극하는 부분이긴 했다. 아무리 딸린 자식이 둘이라고 해도, 그 부분을 아득히 뛰어넘는 호라이즌 중역으로서의 부와 명예가 있으니까? 그것 역시 너무 전형적인 답이라 별로 재미는 없지만, 그간의 경험에 비추어보면 대다수 사람들은 세상을 재미없게 살고 있긴 했다. 아무튼 배가 안 나온 것 정도가 유일한 칭찬 포인트인 사장님의 외모를 보면, 그것밖엔 생각할 수가 없지. 늙은이, 분명 이젠 잘 서지도 않을 텐데. 발기 부전 치료제 같은 거 분명 먹고 있겠지. 어디 숨겨 놨을까, 갑자기 궁금해지네. 한번 찾아볼까….

생각의 꼬리를 물고 물다가 호기심이 동해서 정말로 몸을 일으켜 보려던 그 순간, 갑자기 벌컥 현관문이 열리더니 잘 서지도 않을 게 뻔한 바로 그 사장님이 들어왔다.

재이는 조금도 당황하지 않고 태연하게 눈을 맞추며 까딱 인사했다.

"오셨어요?"

"어, 재이 씨. 이것 봐라?"

재이의 생각을 알 리 없는 사장님이 신이 난 얼굴로 오른손을 들어 보였다. 그 손끝에 꼭 옛날 영화에서 나오는 의사의 흰색 왕진 가방처럼 생긴 새하얀 플라스틱 케이스가 들려 있었다. 단단한 재생 플라스틱 위에 씌운 코팅이 반지르르 윤기가 나서, 뭔진 몰라도 일단 귀한 것처럼 보였다.

"우와, 그게 뭐예요?"

재이가 묻자, 사장님이 어깨를 으쓱하며 따라오라는 듯 손짓하곤 자기 방으로 향했다.

조금 꺼림칙한 기분도 들었지만 언제나처럼 궁금증이 이겼기 때문에 재이는 일단 그의 뒤를 따라 들어갔다.

＊

사장님의 방은 언제나 청소하러 드나들고 있었기 때문에 낯설지 않았다.

뒤따라 들어선 재이가 의식적으로 방문을 열어 두었는데, 사장님은 미처 눈치채지도 못한 듯했다. 그 정도로 눈앞의 물건에 정신이 팔려 있던 것이다. 그 모습에 새삼 안심하고서 재이는 사장님이 앉아 있는 침대맡 바닥에 쪼그려 앉았다.

사장님이 물건을 꺼내고서 바닥에 내팽개친 플라스틱 상자를 들어보니, 가운데 음각으로 H가 살짝 새겨져 있었다. 그들 제품의 시그니처 마크, 호라이즌의 H였다. 그러자 퍼즐이 파바밧- 맞춰지듯 재이의 머릿속에 얼마 전 TV에서 봤던 그 물건이 떠올랐다.

"앗, 설마 그 8990만 원짜리 그거-?"

저도 모르게 평상시에 잘 내지 않는 정도의 큰 소리로 외쳤다. 오죽하면 "잘 못 알아들었습니다"라고 헬로 AI 기기가 대답할 정도였다.

사장님이 다시 한번 귀엽다는 듯 재이를 보더니, 별생각 없던 사람도 순식간에 기분 나쁘게 만드는 눈웃음을 치면서 말했다.

"하여튼, 재이 씨 은근히 재밌다니까. 가격은 또 어떻게 알았대? 왜, 하나 갖고 싶어서?"

당신이 내 앞에서 AI한테 물어봤으니까 알죠. 하여튼 이런 분들은 뭘 제대로 기억하는 법이 없다. 뭐, 그건 언제고 이쪽에서 유리하게 쓸 수 있으니 좋은 일이겠지만.

"그냐앙, 뭐 궁금해서 찾아봤죠. 어머, 사장님 이거 혹시 저 주시려고 사 오신 거예요?"

재이가 한술 더 뜨면서 애교 섞인 목소리로 너스레를 떨었더니, 기분이 최고조로 올라간 사장님의 눈꼬리가 절로 반달을 그렸다.

"하하하, 그럼요. 구경시켜 드리려고 사 왔지요! 어디 보자. 이건 VR 장비고… 이거는… 이게 메인 박스네."

그러더니 사장님은 나름 능숙한 손길로 전원을 연결하고 장비들을 페어링했다. 곧 뾰로롱 하고 맑은 효과음이 흘러나왔다. 모든 근심을 일순간 씻어 줄 것만 같은 상쾌한 소리였다.

작고 날렵한 메인 박스를 한 손에 잡아 보니 자연스럽게 지난번에 TV에서 보았던 리사의 모습이 떠올랐다. 이걸 이렇게 잡고 있었던 거구나, 이런 촉감의 물건을. 잠깐 혼자 화면 속 리사처럼 포즈를 잡아 보았다가, 괜히 기분이 들떠 버린 재이는 발랄한 10대 소녀처럼 높은 톤으로 재잘거리며 물었다.

"사장님도 호라이즌에 계실 때 IT 본부 소속이었어요?"
"그럼, 호라이즌은 IT가 알짜거든. 하긴, 요샌 어디든 그렇지만.”

“아, 그래서 이런 걸 이렇게 잘 만지시는구나.”

“하하, 그치. 이거 말고 다른 것도 잘 만지는데.”

아아. 웃음조차 안 나오는 한심한 말이었지만 재이는 가까스로 미소를 짓는 데 성공했다. 강철처럼 강한 비위, 그걸로 버텨 온 인생이니까.

다만 사장님도 생글생글 웃으면서 못 들은 척 무시하는 것을 못 알아 처먹을 정도로 눈치가 없는 인간은 아니었기 때문에, 다행히 그의 관심은 자기 눈앞의 라이프 랜드스케이프로 넘어갔다.

박스에 들어 있던 복잡한 전선들과 기기를 모두 꺼내서 늘어놓으니, 그 밑에서 얇은 설명 전용 태블릿이 나왔다. 사장님이 집어 들어 톡톡 몇 번 액정을 터치했다. 그러면서 주절주절 혼잣말하듯 설명했다.

“호라이즌 아이디로 로그인해서 개인 계정을 만들고… 이 단자를 머리에 붙인 다음, 이틀 정도 총 열다섯 시간 숙면을 하면… 뇌 스캔이 완료가 된대. 그러고 나서 다시 로그인하면 AI가 분류한 챕터별 리스트가 뜨나 봐. 선택 키로 이동해서 누르면 재생되고… 북마크랑 이용 중 녹화 가능하고… 재생한 기억의 리플레이도 가능하고. 야, 정말 이게 되나? 요즘 기술이 진짜 장난이 아니네…"

눈앞에 있는 재이에게 설명한다기보다는, 아마도 자기 자신에게 설명하고 있는 것 같았다. 반도 못 알아들었지만 재이는 깊이 고개를 끄덕이며 알아듣는 척을 했다.

"사용법도 되게 쉽다, 그치?"
"그러네요."

얼마 전까지 지내던 집의 할머니조차도 VR 기기를 통해 아마존의 열대우림과 그리스 유적지를 가상 체험 하는 것을 즐겼을 정도로 모두가 VR을 익숙하게 사용하는 시대였지만, 재이는 한 번도 자기 장비를 가져 본 적이 없었다. 사실 그렇게까지 해 보고 싶은 마음도 없었다. 어차피 아무리 생생해도 그건 가짜 아닌가. 잠깐 거기 다녀온다고 해서 이 현실이 바뀌는 것도 아닌데, 뭐 하러. 어렸을 때 작은 콘솔 게임기로 느꼈던 즐거움 - 시끄럽고 더럽고 비좁던 현실에선 결코 가질 수 없는, 동글동글 귀엽게 생긴 나만의 집과 숲을 가꾸며 유유자적하던, 그 정도의 현실 도피면 족하다.
어쩐지 점점 흥미가 떨어지는 기분이라 재이가 자리에서 일어서는데, 사장님이 외쳤다.

"내가 몇 번 좀 해 보고 나서, 재미있으면 재이 씨도 시켜줄게!"

"네~ 감사합니다~"

거의 반자동적으로 영혼 없이 밝은 대답이 툭 튀어나왔다. 대단한 적선을 베푸는 듯이 하는 말은 언제나처럼 재수없었지만, 아무려면 어떤가. 8990만 원? 평생 만져 본 적도 없고, 앞으로도 만져 볼 리 없을 금액이었다. 기분 나쁜 적선이고 뭐고, 무조건 반갑게 받을 테니까 일단 줘 보시라고요.

방에서 나오는 재이의 뒤통수에 대고, 사장님이 말했다.

"재이 씨는 어디, 돌아가고 싶은 기억 없어?"

재이는 대답 대신 싱긋 웃으며 방문을 닫았다.

재이가 거실까지 나왔을 때, 현관문이 열리더니 언제나처럼 완벽한 모습의 사모님이 들어왔다. 시간을 보니, 평소 필라테스가 끝나고 돌아오는 시간보다 5분 정도 빨랐다. 조금만 늦었어도 괜한 오해를 살 뻔했다는 생각에 재이는 속으로 안도했다. 이 사람이 그런 걸 신경이라도 쓸까 의심스럽긴 했지만, 그래도 이 집에서 되도록 오래 버티려면 아무리 그래도 지금은 너무 빨랐으니까.

"오셨어요~?"

"예. 사장님은?"

"방에 계세요."

"아."

그 뜻을 정확히 짐작하기가 어려운 톤의 '아.'였다. 어쩌면 그도 안도하고 있는 것일까?

언제나처럼 세탁실로 향하는, 완벽하게 탄탄하고 균형 잡힌 40대 후반의 몸매를 멍하니 바라보다가, 왠지 모르게 재이가 덧붙였다.

"그, 라이프 랜드스케이프라는 걸 사 오셨던데요."

"그게 뭐죠?"

"그… 호라이즌 신제품인데요. 뭐라더라. 돌아가고 싶은 기억을 다시 체험하게 해 주는 거래요."

그다음에 사모님이 "그렇군요", "신기하네요", "별게 다 나오네요" 등의 적당한 말로 대답하면, "한번 가서 보세요, 좋아 보였어요"라고 말할 생각이었다.

그런데 별안간 사모님의 표정이 전에 없이 붉게 달아오르더니, 대단한 모욕이라도 당한 것처럼 쿵쿵 소리를 내며 잰걸음으로 자기 방으로 향하는 것이었다.

내가 뭘 잘못한 거지?

재이는 혼란스러웠다.

좋은 것이든 싫은 것이든 감정 표현을 하는 일이 드문 사모님이 이렇게까지 격한 감정을 드러낸 것은 처음 있는 일이기 때문이다.

이 집에서 당분간 버텨야 하는 처지에, 그의 심기를 불편하게 했다면 아무래도 곤란했기 때문에 상황을 한번 되짚어볼 필요는 있었다.

하지만 천천히 아까 하던 청소를 마무리하기 위해 장식장 앞으로 돌아오면서, 재이는 곧 깊은 흥미를 느꼈다. 아무리 생각해도 이상한 쪽은 사모님의 반응이다. 분명 무슨 이유가 있다. 그게 뭘까? 어쩌면 곧 알게 될지도 모른다. 시간이 좀 걸리겠지만 결국은 내가 알아내게 되겠지. 힌트는 어디에 있을까? 당장 내일의 계획부터 짜 봐야지. 그런 생각을 하자, 걸레질하고 저녁을 차리는 일도 조금 즐겁게 느껴졌다.

*

그로부터 사흘이 지난 뒤부터, 낮에는 늘 골프 연습이다 사교 모임이다 뭐다 하며 집을 비우는 사장님이 방에 콕 틀어박혀 나오질 않았다. 그리고 집에는 제법 크기가 큰 택배 상자들이 하루걸러 하나씩 도착했다.

그리고 재이는 라이프 랜드스케이프라는 물건이 바로 그 이유일 것이라는 사실을 어렵지 않게 짐작할 수 있었다.

그러나 사모님은 놀라울 정도로 그 일에 무관심했다. 재이에게 처음 보였던 거부감을 생각하면 다소 의아했지만 말이다.

사모님은 사장님이 방 안에서 뭘 하는지 절대 궁금해하지 않겠다고 다짐이라도 한 듯, 굳게 닫힌 방문이 아예 안 보이는 척을 하면서 늘 반복하던 자신의 일과를 수행했다. 약간의 사교 모임과 더불어 미용과 운동을 위한 센터들을 오가는 일과 말이다.

그리하여 재이는 사장님의 방문 뒤에서 그 낯설고 새로운 기기와 함께 대체 무슨 일이 벌어지는지를 궁금해하면서 한편으로는 외출한 사모님의 방을 열심히 뒤지고, 집 곳곳을 살폈다. 사모님의 어린 시절 앨범과 옛날에 쓰던 태블릿을 몇 개 찾긴 했지만, 그다지 대단한 것이 나오지는 않았다. 하드록 앨범을 몇 개나 내려받은 이력이 남아 있어, 생각보다 음악 취향이 독특하다는 것 정도를 안 것이 수확이라면 수확일까.

Mental wounds not healing, Life's a bitter shame
I'm going off the rails on a crazy train
I'm going off the rails on a crazy train…[1]

---

1 Ozzy Osbourne, 「Crazy Train」(1980)

몇십 년 전에 발표된 곡들이었지만 뜻밖에 신이 나는 멜로디가 귓가에 남아, 화장실 청소를 하거나 다락방을 정리하는 동안 재이는 종종 그 노래들을 혼자 흥얼거렸다.

　그 무렵, 늘 방에 틀어박혀 있던 사장님이 점심을 먹으러 나올 때면 볼은 붉게 상기되어 있었고 약간의 땀 냄새가 났다. 재이는 아무래도 그가 뭔가 격렬한 몸의 움직임이 동반되는 일에 열중하는 것 같다고 추측했다. VR로 게임을 하는 사람들 대부분이 고글을 통해 보이는 세상에서 쏟아지는 포화를 피하거나, 적을 쫓기 위해 엄청나게 몸을 쓴다는 사실 정도는 재이도 잘 알고 있었으니까.

　아마 그렇게까지 가상 세계에 몰두해 있다면, 아주 조용히 문을 열어서 훔쳐보아도 눈치채지 못할 것이었다. 상식적으로. 하지만 그럴수록 조심해야 했다. 문을 여는 건 주인이 집에 없을 때만. 이건 오래 이 생활을 하면서 재이가 익힌 나름의 룰이었다.

　그래서 그날, 그 오후에 재이가 그 순간을 포착한 것은 정말이지 즐거운 행운이었다.

　화장실도 방 안에 딸려 있었기 때문에 좀처럼 밖에 나올 일이 없는 사장님이 재이가 2층 창고 방을 청소하는 동안 부엌에 나와서 물을 마시고 들어간 모양이다.

　식탁 위에, 물병에 맺혔다가 흘러내린 흥건한 물과 사용한 컵이 그대로 놓여 있었다.

그 모습을 보고 약간 짜증이 났지만, 곧 사장님 방의 방문이 아주 조금 열려 있는 것이 보였다. 평생 조심할 일이 별로 없었던 사람들은 이런 식으로 꼭 허점을 보이기 마련이었다. 역시나, 이쪽에겐 반가운 일이었지만 말이다.

재이는 뒤꿈치를 들고 살금살금 그의 방문으로 다가갔다.

그리고 아주 조용히, 그 열린 틈새로 안을 들여다보았다.

사장님은 방에 깔린 푹신한 러그 위에 누워 있었다.

스포츠용 선글라스처럼 생긴 날렵한 고글을 쓰고, 처음 보는, 얼굴만 동그랗게 뚫린 새까만 전신 슈트 같은 것을 입은 채였다. 아마 그것이 얼마 전 택배로 온 물건 중 하나인 것 같았다.

그런 우스꽝스러운 차림으로 바닥에 누운 사장님은, 끙끙거리면서, 헐떡거리면서 열심히 허리를 아래위로 튕기고 있었다. 당장이라도 터질 것처럼, 시뻘겋게 달아오른 얼굴을 하고서 흐아, 어우, 아으 같은 신음을 흘리면서.

"아, 또 그거야?"

재이는 황급히 입을 틀어막고 몸을 돌렸다. 하마터면 웃음이 터질 뻔했기 때문이다.

그래서 되도록 사장님 방에서 멀리 떨어진, 자신의 방으로 도망을 쳤다. 문을 쾅 닫고 나서야 비로소 마음껏 푸하하하 웃을 수가 있었다. 역시 부자들은 참 재밌다니까.

잘 서지도 않는 분이, 이제는 하다 하다 가상 섹스에 전념하고 있구나. 하긴 어찌 보면 당연한 귀결이었다. 근데 아무리 잘나가고 명예와 돈이 있는 남자도 결국 그게 '돌아가고 싶은 기억'인 거구나. 거, 사이버 복상사 같은 건 없나?

사장님이 얼마나 오랫동안 저 짓에 몰두할지도 조금 궁금했고, 어쩌면 일찍이 저 제품에 반감을 보였던 것이 사모님의 선견지명이었는지도 모르겠다는 생각이 들었다. 역시나 엄청 나돌았나 보다. 여기저기 그 보잘것없는 것을 들이대면서 말이다. 안 봐도 훤한 일이긴 했다.

그러면, 그다음에 궁금해지는 것은 사장님이 열심히 탐닉 중인 그 기억 속 상대가 대체 누구냐는 것이었다. 사모님이 그토록 치를 떨었던 이유가 어쩌면 거기에 있을지도 모르니까. 지금으로선 도무지 알기 어려운 일처럼 느껴지지만, 조용히 때를 기다리다 보면 분명 기회가 올 것이다. 입주 가사 도우미라는 직업이 때때로 이렇게 흥미로워진다는 사실을 사람들은 잘 모른다. 재이로서는 참 다행스러운 일이었다.

그나저나, 나중에 분명 그 못생긴 슈트 나한테 세탁하라고 시킬 것 같은데. 역겨워서 어쩌지. 벌써 구역질이 날 것 같았지만 그 우습고 하찮은 모습을 떠올리자 재이는 다시 웃을 수밖에 없었다. 아, 시안 언니한테 이 얘기해 주면 정말 재미있어할 텐데. 정말 조만간 오랜만에 전화라도 해 봐야겠다.

"아, 정말 가기 싫었는데 어쩔 수가 없어서 말이야."

그로부터 며칠 뒤, 사장님이 기어코 땀에 전 슈트를 들고 재이에게 왔다. 함께 건네준 두꺼운 세탁 안내 요령을 읽어 보니, 주절주절 많은 말이 쓰여 있었지만, 결국엔 손빨래였다. 제길. 슬픈 예감은 틀린 적이 없었다.

재이가 속으로 절망하는데, 사장님이 말했다.

"그래서, 짐 가방도 좀 같이 싸 줘야겠어."

"예? 무슨 짐이요?"

"방금 못 들었어? 모임에서 골프 여행 가기로 했다니까. 요즘 통 얼굴을 안 비쳤더니, 이번에도 안 나오면 제명해 버린다고 해서."

"아… 몇 박이시라고요?"

"6박 7일. 좀 길지? 하와이로 가기로 했거든. 거기 우리 사유지가 있어서."

"예…"

"그럼 좀, 부탁해."

사장님이 재이의 어깨를 툭툭, 치고 멀어지다가 갑자기 이상하게 뒷걸음질을 치면서 다시 다가오더니 말했다.

"참, 나 내일 가니까 가고 나면 그때 빨아도 되겠다. 그치?"

그러고는 재이의 손에 들려 주었던 슈트를 다시 집어 갔다.

가까이하기도 싫은 그 물건을, 설마 또…?

제발 사장님이 영원히 하와이의 사유지인지 뭔지에서 돌아오지 않았으면 좋겠다고 생각하면서 재이는 묵묵히 드레스 룸에 들어가 사장님의 비싼 옷가지들을 챙겨서 여행 가방을 쌌다.

사장님이 딱히 그걸 알고 부탁한 것은 아니겠지만, 누가 뭐래도 재이는 가방 싸는 일의 전문가였으니까 – 이 정도는 뭐 어려운 일도 아니었다. 다만 드레스 룸을 꽉 채운 두 사람의 상의와 하의, 양말과 넥타이, 구두와 운동화, 핸드백과 스포츠백, 토트백과 골프 가방을 바라보면서 새삼 이렇게 짐이 많으면 어느 날 갑자기 훌쩍 떠나는 일도 쉽지는 않겠구나 하는 생각이 들었다. 아마 이 사람들은 영원히 그럴 일이 없을 거라는 확신이 있어서 이렇게 짐이 많아진 것이겠지만 말이다.

제법 값나가는 물건이 있어서, 짐 챙기는 김에 새삼스럽게 몇 개 슬쩍 했다. 혹시나 사모님이 확인을 한다면 골프 여행 짐에 섞인 줄 알 것이고, 사장님이 나중에 확인을 한다면 하와이에 두고 와서 잃어버린 줄 알 것이다. 아니, 실은 높은 확률로 없어진 줄도 모를 것이다. 그걸 다 기억하기엔 물건이 너무 많다. 이것도 다 물건이 너무 많기 때문에 겪는 일이다. 역시 부자들은 너무 재밌고, 너무 순진하다니까.

다음 날, 사장님은 요란하게 손을 흔들면서 하와이로 떠났다. 사모님보다 어째 이쪽을 더 오래 쳐다보는 것 같았지만 재이는 꿋꿋이 천진한 얼굴을 했다.

그러고 보니 이 집에 사모님과 둘이 남겨지는 것은 처음이었다. 언제나 사장님보다 집을 좀 더 오래 비우는 것은 사모님 쪽이었다. 하지만 뭐가 달라지겠어, 생각했던 재이는 그것이 오산이었음을 곧 알게 되었다.

아무튼 사장님이 커다란 짐 가방을 가지고 떠난 날, 사모님이 평소처럼 모임과 미용과 운동을 하러 외출하자마자 재이는 역겨운 슈트를 붙들고 화장실에서 씨름하던 시늉을 멈추고, 황급히 사장님의 방으로 달려 들어갔다.

그리 중요하지도, 전혀 쓸모 있지도 않은 정보겠지만 주인집의 비밀을 푸는 일을 취미 삼는 재이에게는 사장님의 은밀한 체험에 대해 알 수 있는 귀중한 기회였기 때문이다. 그래서 전날 잠도 안 자고 밤새도록 라이프 랜드스케이프라는 기계에 대해 알아봤다. 기본적인 사용법을 익힌 다음엔, 이 집에 온 후로 연락을 해야지, 해야지 벼르던 시안에게도 드디어 메시지를 보냈다. 새벽 2시였지만, 개의치 않았다.

- 언니. 라이프 랜드스케이프라고 이번에 호라이즌에서 새로 나온 기계 알지.

정확히 20분 뒤에 답이 왔다.

- 설마, 요새 일하는 집에 그거 있어?
- 어! 그래서 말인데…

그다음에 재이가 시안에게 와다다다 쏟아 낸 질문은 참으로 여러 가지였지만, 간단히 말하면 몰래 그 기계를 사용해도 나중에 사장님에게 걸리지 않겠냐는 것이었다.

시안은 로그를 지우는 것까진 너무 어려운 스킬이니, 최근 재생된 영상을 순서대로 밑에서부터 차례대로 다 보면 섬네일의 순서가 똑같을 테니까 굳이 사장님이 확인하지 않는 이상 들킬 확률이 매우 낮을 거라고 조언해 주었다.

- 아, 역시 언니밖에 없네. 요즘은, 어디서 무슨 일하고 지내?

별의별 시시콜콜한 질문에는 다 대답해 주더니, 정작 그다음엔 답이 오지 않았다.

　　시안다웠다.

　　아무튼 대체로 과묵하지만, 선택적 수다스러움을 구사하는 친구의 가르침 덕분에 재이는 자신만만하게 사장님 방에 들어갔다.

　　그리고 미리 숙지한 랜드스케이프 사용법에 따라, 본체의 전원을 켜고 고글을 끼고 전용 장갑을 낀 다음, 첫 화면을 마주했다.

　　처음 보는 새로운 3차원 시공간에(밖에 설산이 보이는 아늑한 오두막이었다.) 사진이 등록되지 않은 C라는 이름의 프로필과 "새 프로필 추가" 버튼이 나란히 띄워져 있었다. 무의식적으로 손을 움직이니, 허공을 가르는 자신의 손이 보였다. 금방 작동 원리를 터득한 재이는 손을 움직여 C의 프로필을 쥐었다 놓았다.

　　곧 여러 개의 섬네일이 가상 공간에 쭉 펼쳐졌고, 최근 재생된 항목이라는 글자 밑에 열 개가 조금 넘는 이미지들이 떠 있었다.

　　너무 흥미로워서 재이는 싱글거리며 웃다가 하마터면 침을 흘릴 뻔했다. 스읍, 윗입술로 아랫입술을 한 번 훑은 뒤에 시안이 시키는 대로 하나씩 아래에서부터 눌러 보…려다가 잠시 고글을 이마까지 추켜올렸다.

그러자 눈앞에 펼쳐져 있던 아이콘들과 온기마저 느껴지는 것 같던 벽난로가 순식간에 사라지고, 재이가 잘 아는 사장님의 방으로 돌아왔다. 급격한 변화에 머리가 핑 돌았다. 사실상 첫 VR 체험이었기 때문에 그럴 만도 했다. 하지만 굴하지 않고 눈을 한번 끔뻑, 깊이 감았다가 뜬 다음, 시계를 한번 확인한 뒤에 재이는 다시 눈을 감고 고글을 썼다. 그동안의 패턴에 따르면 사모님이 예정된 시간보다 한 시간 이상 일찍 들어오는 날은 없었지만, 그래도 또 모르는 일이니까 주의를 할 필요가 있었다. 재이는 천천히 눈을 떴다.

　　다시, 스위스의 어디 한적한 산자락에 있는 것만 같은 따스한 오두막이 눈앞에 펼쳐졌다. 아아, 정말 아름답고 마음이 편안해지는 풍경이었다. 하지만 열심히 애를 써서 재이는 자신의 마음 한구석을 사장님의 방에 붙들어 두고 있었다. 몰입하다 시간을 잊을까 봐, 고글을 조작해서 왼쪽 귀의 음량을 0으로 줄였다. 나중에 꼭 원래대로 돌려놔야 한다, 절대로 잊으면 안 돼. 절대로.

　　두 번 다짐한 뒤, 재이는 두근대는 마음으로 최신 재생 목록을 하나씩 누르기 시작했다.

　　이후, 몇 가지의 기억들이 흘러갔다.

　　고급스러운 주택의 거실, 대학 입학시험의 성적표가 나와, 부모님께 찬사를 듣던 순간.(나이가 몇 살인데, 조금 놀라울 따름이지만 이게 첫 번째였다.)

미술관, 고등학생 때 첫사랑과 데이트.(그나마 인간적으로 이해가 되는 부분이었고.)

호라이즌 대강당, 첫 출근해서 신입 사원 대표로 당시 회장이던 노아의 아버지와 악수.(그 대단한 회장님을 뵈었다는 감격이 재이에게도 고스란히 전해졌는데, 아무래도 존경이라기보다는 거의 성애처럼 느꼈다.)

호라이즌 대강당, 10여 년 뒤. 뭔지 모르겠지만 대단한 일을 성사시키고 나서 표창장을 받음.(관심 없는 내용은 손을 움직여서 빠르게 돌렸는데, 재이는 슬슬 그러한 감각이 조금 손에 익는다고 생각했다.)

호텔, 낯선 이와의 섹스…(갑자기 손에 끼고 있던 장갑에서 갖가지 촉감이 느껴져서 재이는 소스라치게 놀랐다. 그리고 곧 허공에 한 줄 자막이 아주 눈에 띄는 모양으로 나타났다. '호라이즌의 최신 허그 슈트를 이용하시면 전신 체험을 즐기실 수 있습니다.' 아아.)

또 이어지는 호텔, 호텔, 섹스, 섹스……(사모님의 얼굴은 없었다.)

산부인과 병원. 갑자기 생뚱맞게 아들이 태어나던 순간.(역시 당시의 아내는 지금의 사모님이 아니었다. 비슷한 스타일의 미인이긴 했지만.)

그리고 고급 레스토랑. 여기까지 와서야 드디어, 아는 얼굴이 등장했다.

지금보다 조금 더 젊고 밝은 얼굴의 사모님이 어색한 얼굴로 맞은편에 앉아 있다. 얼어 있는 분위기가, 아무래도 첫 만남 같다. 그 와중에 사장님이 요즘 하는 것과 별 다를 바 없는 어이없는 농담들을 던진다. 체험을 하는 중인 자신이 대리 수치심을 느낄 지경인데, 놀랍게도 사모님이 까르르 하고 세상에서 제일 재밌는 말을 들었다는 듯이 웃는다. 어이가 없을 지경이지만, 한편으론 그런 사모님의 미소가 햇살처럼 무척 사랑스럽게 느껴진다. 뭐지, 감정도 동기화가 되는 건가.

조금 냉랭하고, 그래서 평범한 부유층 부부인 사장님과 사모님의 한때를 엿본 것 같아서 재이는 어쩐지 기분이 이상해졌다.

다음 기억은 또다시 호텔이었다. 저도 모르게 재이의 눈살이 찌푸려지려는데, 어둠 속에서 상대방의 얼굴이 보였다. 젊은 사모님이었다.

앞의 섹스들이 지나치게 자아도취적이고 격렬하기만 해서 공연히 힘만 빼는 아마추어 스포츠 선수의 몸짓 같았다면, 이 경우는 제법 느리고 정중한 일련의 과정을 천천히 밟아 나가면서 일말의 에로틱함이 느껴졌다. 장갑에서 느껴지는 갖가지 감각에 사모님에 대해 너무 많은 것을 알게 되는 기분이라서 최대한 빨리 넘기기는 했지만, 그 나름대로 로맨틱했다. 그러고 보니 난 요즘 섹스가 좀 뜸했나? 이따 상황

봐서 오랜만에 혼자 좋은 시간 좀 보내 볼까? 새삼스럽게 그런 생각이 들 정도였으니까.

잠시 묘한 여운을 느끼며 앞으로 펼쳐질 새로운 기억들에 대한 기대를 했는데, 어째서인지 그다음엔 또다시 소리만 요란한 섹스, 섹스, 섹스였다. 상대는 모두 어리거나 젊었고, 외국인도 있었는데 이건 확실히 성 구매의 기억인 것 같아서 잠시 생길 뻔했던 재이의 성욕이 다시 저 멀리 사라졌다.

그다음은 뭐, 다 비슷비슷한 그런 내용에 그런 수준이었는데, 개중 그나마 인상 깊었던 것은 불 꺼진 회사 회의실에서의 기억이었다.

물론 5년쯤 전의 일인 것 같긴 하지만 기껏해야 40대 정도밖에 안 되어 보이는 여성과 회사에서 이런 과감한 섹스를 할 정도의 인물이란 말인가? 이 집의 사장님이라는 사람이? 정말이지 아무리 생각해도 의아한 일이었다.

그것을 마지막으로, 황급히 재생을 마친 재이는 스스로 당부했던 대로 고글의 왼쪽 귀 음량을 다시 높였다. 곧 고글과 장갑을 정확히 아까 있었던 자리에 두었고, 본체를 끈 뒤 아무 일도 없었다는 듯이 사장님의 방을 나왔다.

사모님이 돌아올 때까지 아직 한 시간 반 정도 되는 시간이 남아 있었고, 개미 한 마리 다녀간 흔적 없이 집은 좀 전과 그대로였다. 평소 작업량을 생각하면 청소를 조금 서둘

러야 했지만, 오늘은 사장님의 부탁으로 처음 추가된 슈트
빨래라는 너무나 적절한 핑계도 있었다. 그랬기 때문에 가급
적 오늘이어야만 했던 것이다.

사장님 부부의 의외라고 할 만큼 낭만적인 한 때는, 재이
에게 답이라기보다 새로운 질문이었다. 하긴 생각해 보면 그
렇다. 그랬던 사람들이 지금 왜 이렇게 됐는지, 그 과정에 해
당하는 순간들은 결코 사장님의 '돌아가고 싶은 그곳'은 아니
었을 테니까. 어쩌면 그 첫 만남과 한 번의 섹스가 사모님과
관련된 유일한 기억이라는 것이, 그 자체로 많은 설명이 된
것이다.

그래서 결국 이제 와 '추억'이랍시고 주야장천 되짚는 것
은 의미도 없는 낯선 이들과의 섹스(라고 쓰고 성 구매라고 읽는
그런) 기억일 뿐이라니. 혼자 자기 방에서 시커멓고 쿰쿰한
슈트 안에 들어가서 몸부림치는 수밖에 없는 귀결이라니. 아
아, 그것이 결국 인생이라는 것일까-? 어째서? 어쩐지 좀 슬
프기까지 했다.

그런 정도의 성공적인 인생을 살고, 이런 정도의 저택을
가진 인생이라면 그래도 뭔가 좀 다르지 않을까 하는 일말의
기대가 있었던 모양이다. 차라리 애인과의 아슬아슬하고 찐
한 밀회라도 있었다면. 이게 대체 다 뭘 위한 걸까. 어쩐지 입
맛이 썼다. 아무리 재이가 평소 그를 깔보고 있다고 해도, 이
쓸쓸함은 진심이었다.

그래서 앞으로 몰래 그 방에 들어갈 시간이 더 있다 해도, 별로 보고 싶지 않았다. 뭐랄까, 흥미를 잃었다. 그토록 알고 엿보고 싶어 했던 그들만의 세상이 생각 이상으로 흥미롭지 않고, 오히려 하찮다는 것을 확인해 버린 느낌이었다. 그 덕에 재이는 약간의 우울까지 느꼈다. 그래서 한 번도 손대지 않았던 냉동실의 저칼로리 아이스크림을 들고 베네치아산 가죽 소파 위에 앉아 퍽퍽 퍼먹었다.(사모님이 아무 때나 먹으라고 했다. 그게 가급적이면 먹지 말라는 뜻 같아서 손을 안 대려고 했지만.)

그리고 생각했다. 그냥 또 어디로 떠날까? 그 한심한 인간이 하와이란 곳에서 돌아오기 전에. 시안 언니한테 다시 몇 번 끈질기게 연락하면 못 이기는 척 지금 어디 있는지 알려 주겠지… 그런 충동이, 다시 재이의 몸을 휘감았다.

한편으론, 평소 누구보다 뻔뻔하다고 자부하고 있음에도 재이는 이 느낌 그대로 사모님을 만나면 뭔가 이상한 티를 낼지도 모른다는 걱정이 되었다. 어쩌면 사장님을 다시 만나고 싶지 않은 것도 실은 그런 이유일지도 모르겠다. 조금 엿보려고 했을 뿐인데, 뜻하지 않게 너무 많은 것을 알아 버리고 만 것이다.

지난번에 사장님이 혼자 끙끙대며 가상 섹스에 몰입해 있는 모습을 봤을 땐 그야말로 순수하게 우스울 뿐이었는데, 잠깐 동안 내 것처럼 생생하게 체험한 그의 기억 속에서는 그 순간의 허무함과 외로움, 그리고 누구에게라도 좋으니 사랑받고 싶다는 감정이 강렬하게 전해져 왔다. 그런 거, 정말이지 알고 싶지 않았는데도 말이다. 처음으로 집주인과 개인적인 관계가 생긴 느낌이었다. 아주 불쾌했고, 당장이라도 떨치고 싶은 기분이었다.

무언가 불편한 마음을 안고, 부랴부랴 집안일을 하면서 재이는 최대한 아무 생각도 하지 않으려고 노력했다. 몇 시간 남짓 압축적으로 엿본 사장님의 인생 같은 건 깨끗이 잊고, 사모님의 사연 같은 것도 더는 궁금해하지 말고, 다음 행선지가 정해질 때까지 조금만 더 버텨 보자. 사장님이 없으니까, 오늘 저녁은 탄단지 비율을 잘 맞춘 샐러드를 준비하면 사모님이 기뻐할 것이었다. 시안에게 재차 메시지를 넣는 것도 잊지 않았다. 아마 답을 받으려면 몇 번 더 귀찮게 해야겠지만 말이다.

문제의 슈트 빨래와 청소를 대충 마치고, 재이는 평소보다 정성을 들여 닭고기를 다듬고 채소를 썰었다. 그런 일을 하니 기분이 좀 나아지는 것 같았다. 이제야 익숙한 일상으로 돌아온 느낌이었다. 역시 가상 현실 체험 같은 건 쓸데없다니까. 그리고 시계를 보며 사모님이 현관을 통해 들어오는 모습을 상상했다. 이제 곧 돌아오실 시간이었으니까.

하지만 결국 그 샐러드는 모두 재이의 몫이 되었다.

그날 저녁, 사모님은 돌아오지 않았다.

밤 12시쯤 되었을 때, 재이는 경찰에 신고를 해야 하나 진지하게 고민했다.

고용되어 있는 자신이, 사용자인 사모님에게 왜 집에 안 오시냐고 연락하는 것도 이상한 모양새라고 생각하면서도 걱정되는 마음에 몇 번 메시지를 보내 보았지만, 묵묵부답이었다.

짧지 않은 기간 이 일을 해 왔지만 이런 적은 처음이고 경찰은 언제나 본능적인 거부감이 들었기 때문에 재이는 일단 휴대폰을 들어 시안의 이름부터 찾고 있었다.

그때, 현관에서 쿵쿵거리는 소리가 들렸다. 화들짝 놀라 나가 보니, 촤르륵 자물쇠가 열리는 소리와 함께– 사모님이 들어왔다.

언제나처럼 정돈된 모습…이 아니라, 머리도 화장도 옷도 모두 흐트러진 상태로, 눈은 풀린 데다 술 냄새, 그러니까 처음엔 값비싼 코냑의 향기였다가 이렇게 저렇게 냄새가 되어 버린 그것이, 땀 냄새랑 섞여서 참으로 곤란한 향을 풍기고 있었다.

재이는 얼른 그를 부축했다. 사모님은 취했기 때문인지 순순히 몸을 기댔고, 재이는 가느다랗고 가벼운 그를 쉽게 침대로 데려가 눕혔다. 사모님은 머리가 닿자마자 그대로 잠에 빠졌다.

그러고 보니 옷을 좀 벗겨 드려야 하나, 불편해 보이는

데. 그런 생각을 하자마자 갑자기 낮에 체험했던 기억의 감각이 떠올랐다. 너무 생생해서 소름이 돋을 지경이었다. 동시에 가슴이 두근거리기도 했다. 아, 사장님이 집을 비운 틈에 젊고 예쁜 사모님과 입주 가정부가 둘이서 신나게? 뭐야, 뻔하디 뻔한 에로 영화 스토리 같잖아.

재이는 애써 농담을 떠올리면서 침착하게 사모님의 겉옷을 벗겨 걸어 두고 그 방에서 나왔다.

그리고 어쨌든 돌아왔으니 됐다고 생각하며 화장실에 가서 몸을 씻었다. 유독 긴 하루였다. 그러고 보니 사모님은 매일 밤 세수와 샤워, 때때로 목욕에 두 시간가량을 쏟는 사람이었는데. 오늘이 어쩌면 그 사람 인생에 처음으로 씻지 않고 자는 날이 될지도 모르지. 아니, 어쩌면 또 모르지. 사실은 사모님에게는… 아, 더는 이 집 사람들의 사연에 관심을 갖지 않겠다고 다짐하자마자 이래서는 곤란한데.

그런 생각을 하면서 수건으로 머리를 털며 방으로 돌아오니, 휴대폰에 시안의 답이 와 있었다.

– 지금은 잠깐 곤지암 물류 터미널. 캐러밴 빌렸는데 괜찮아. 오려고?

재이는 다시 한번 그 메시지를 바라보았다.

문득 그와 처음 만났던 인천 비즈니스호텔의 비좁은 트

윈 룸과 미친 듯이 빡빡했던 청소 스케줄, 늘 말라 비틀어져 있던 조식 베이컨 같은 것들이 떠올랐다. 절대로, 아무리 가상이라 해도 다시 돌아가고 싶지는 않지만, 그래도 왠지….

그런 생각을 하다 재이는 미처 답을 하지도 못하고 까무룩이 잠들었다.

　　*

다음 날, 재이는 언제나처럼 일어나 옷을 챙겨 입으면서 조금 고민했다. 해장국이라도 준비하는 것이 맞는지, 하지만 사모님은 아무 일도 없었던 것처럼 넘기길 바랄지도 모르는데. 일단 분위기를 좀 살펴보는 것이 좋겠다. 그쪽에서 먼저 그 얘길 꺼내면 자연스럽게 맞춰서 움직이면 되니까.

그리고 거실로 나왔던 재이는, 잠시 그대로 그 자리에 멈춰 섰다.

깨끗이 씻은 사모님이 맨 얼굴에 나이트가운 차림으로 아무렇지도 않게 소파에 앉아 위스키를 마시고 있었기 때문이었다. 재이는 저도 모르게 벽에 걸린 시계를 확인했다. 곧 아침 7시였다.

인기척을 느꼈는지 사모님이 이쪽을 돌아보았다. 정말이지 어떤 상황에도 담대한 편이라고 자부했지만 그런 재이로서도 표정 관리가 어려웠다. 짧고 불편한 침묵이 흘렀다. 재이가 말했다.

"아, 저, 뭐 같이 드실 거라도 좀 챙겨 드릴까요?"

그러자 사모님이 천천히 고개를 가로젓더니 느릿한 말투로 대답했다.

"그냥, 여기에 없는 사람……이라고 생각해요. 투명 인간."

곧 사모님은 투명 인간의 본분에 맞게 입을 다물었다.
재이는 그냥 고개를 끄덕이고 물러나는 것 말고는, 할 수 있는 일이 없었다.

*

그런 아침이었지만, 재이의 일과는 대체로 평소와 같이 돌아갔다. 청소와 세탁, 빨래, 그날그날 해야 하는 집안일은 언제나 많았으니까. 다만 한 가지 조금 편했던 것은 사장님이 없으니까 확실히 일의 양이 줄었다는 점이었다. 사회에서 성공하고 늘 존경받으며 점잔 빼는 남자들이 집에서 화장실을 어떻게 쓰는지 아는가? 아마 깜짝 놀랄 것이다. 60년 넘게 변기를 써 왔을 텐데 어떻게 그렇게 소변을 흘릴 수 있는지, 게다가 어떻게 그렇게 두고 그냥 나갈 수가 있는지. 평생을 엄마나 여자 형제, 아내가 참고 닦아 주면서 살아왔단 말인가? 그런 주제에 어떻게 스스로 그렇게 대단한 사람이라고 믿고 살아갈 수 있는 것일까. 정말로 신기하지만, 솔직히 진짜로 궁금하지는 않았다.

그런 것치고 사모님은 입주 가사 도우미로서는 참으로 손이 가지 않는 존재였다.

특히 이렇게 갑자기 이상 행동을 보이는 경우는 더욱 그랬다. 사모님은 정말 식물처럼 가만히 그 자리에 있을 뿐이었지만, 아무리 투명 인간 취급을 하랬어도 신경이 쓰였기 때문에 재이는 그의 몫까지 점심 샌드위치를 만들었다. 그리고 그가 소파에서 잠든 사이에 거실 테이블 위에 올려 두었다.

하지만 사모님은 조금도 손을 대지 않았다. 계속 위스키를 홀짝이고, 소파에 누워 잠시 졸다가, 멍하니 허공을 보다가를 반복할 뿐이었다.

사장님이 잠시 집을 비운다고 사람이 이렇게까지 달라질 수가 있나?

게다가 내가 나중에 무슨 말을 어떻게 전할 줄 알고 이런 모습을 보이는 것인가? 내가 언제 그렇게 신뢰를 주었다고? 재이로서는 아무래도 혼란스러웠다.

그런 생각을 하면서 분리수거 쓰레기들을 챙겨 타운 입구의 지정 장소에 버리러 갔다가(기이할 정도로 날이 눈부시게 맑아서 이런 날 집에서 저러고 있는 사모님이 안타깝게 느껴질 정도였다.) 돌아와 보니, 거실 소파에 사모님이 없었다.

반사적으로 사모님의 방을 확인해 봤는데, 거기에도 없었다. 재이의 등골에 식은땀이 흘렀다. 설마, 이 사람이 지금…? 사람이 갑자기 이상해지면 죽을 때가 된 거라더니…!

2층 창고 방에도, 화장실에도, 드레스 룸에도, 이 넓은 집의 갖가지 방에도 들어가 봤지만, 없었다. 세탁실에도, 베란다에도, 정원에도. 겨드랑이가 흠뻑 젖을 정도로 집 안 여기저기를 샅샅이 뒤졌지만 어디에도 사모님의 흔적이 없었다. 가빠진 숨을 몰아쉬며 부엌으로 돌아와 물을 한 잔 마시고 생각을 정리해 보는데, 그때 문득 아일랜드 식탁 위에 놓인 물병과 거기 맺혀 바닥에 흥건해진 물기가 의미심장하게 보였다. 아, 혹시?

재이는 큰마음을 먹고, 이것은 안전에 관계된 문제라고 되뇌며 천천히 사장님의 방문을 열었다. 이 저택 안에서 사모님이 절대 가지 않을 곳이라고 생각했었는데… 그곳에, 있었다.

늘 재이가 깨끗하게 관리하는 두툼한 장모 러그 위에, 흐트러진 머리를 하고 나이트가운 차림으로 누워서. 사장님이 "머리에 붙이고 숙면을 취하면 된다"고 설명했던 라이프 랜드스케이프의 단자를 머리에 붙이고 곤히 잠들어 있었다.

대체 뭐가 어떻게 돌아가고 있는 거야?

처음 이 제품에 대해 얘기했을 때 모욕당했다는 듯한 표정을 지었던 사모님의 얼굴이 떠올랐다. 재이는 도저히 짐작도 못 하겠다고 생각하며 방에서 나왔다.

그 후의 며칠은, 더욱더 종잡을 수 없이 흘러갔다.

사모님은 계속 그 방에서 나오지 않았다. 사장님과 한 가지 달랐던 것은, 식사 시간마저도 챙기지 않았다는 것이다. 잘은 모르겠지만 그 방 안에서, 거기 있는 화장실만 들락날락하면서, 재이가 방문 앞에 갖다 놓는 물을 마시면서 지내는 것 같았다.

샌드위치 작전은 확실히 실패로 밝혀졌기에, 재이는 김밥이나 핫도그 등 다른 간편식을 몇 가지 시도해 보았다. 하지만 결국엔 봉지에 든 아몬드나 시리얼바로 타협했다. 그나마 그것들은 손을 댄 흔적이 보였기 때문이다.

사장님의 골프 여행은 이제 반 정도가 흘렀다. 그리고 또다른 고용주인 사모님은 의문스러운 모습으로 저렇게 틀어박혀 있다.

이대로라면 재이 역시 휴가를 얻은 것처럼 남은 며칠을

편하게 지내도 될 것 같았다. 물론 현재의 사모님은 절대로 종잡을 수가 없으므로 언제 다시 예전처럼 빡빡한 일상으로 돌아가 이런저런 일들을 요구할지 모르지만, 그건 그때 일이고. 언제나 대충 일하고 최대한 쉬는 것이 재이의 직업 철학이었으므로 절호의 기회를 맞이한 거나 다름없었다.

그런데 이상하게 별로 신이 나지가 않았다.

그래서, 건성이긴 해도 매일의 일과를 반복했다.

식사 시간이 되면 냉장고에 들어찬 고급 재료를 꺼내 열심히 요리했다. 사모님의 식욕을 자극해 보고도 싶어서 일부러 좋은 냄새를 풍기는 음식들, 양고기 구이나 비프 부르기뇽 같은 것을 준비하기도 했지만, 그는 아무런 반응이 없었다.

결국 혼자 고급 양초를 켜고, 넓은 식탁에서 호화스러운 식기로 식사하면서 재이는 이 집에서의 생활도 얼마 남지 않았음을 예감했다. 그러자 문득 며칠 전 엿보았던 기억 속 사장님과 사모님의 첫 만남이 떠올랐다. 그때 흐르던 재즈 콰르텟의 음악도, 싱싱한 아름다움을 내뿜었던 테이블 위의 리시안셔스 꽃도.

지금 사모님은 어떤 기억을 헤매는 것일까. 어떤 기억을 헤매길래 저렇게 제대로 먹지도 않고 몰두해 있는 것일까. 언제나처럼 호기심이 생기기는 했지만, 몰라도 되니까 기왕이면 좋은 기억이었으면 좋겠다고 재이는 생각했다. 그러라고 만든 거니까, 아마도 그럴 것이다. 지난번에 TV 화면 속에서 리사가 분명 그렇게 말하지 않았는가. 꼭 돌아가고 싶은 곳에 돌아가라고. 대다수의 사모님들이 그렇듯이 별로 좋아할 수 없는 타입의 사람이라고 여겼는데도, 게다가 조금도 자신과 상관이 없는 일인데도 이런 생각이 드는 걸 보면, 요 며칠 보인 사모님의 뜻밖의 기행이 충격이긴 했던 모양이다. 역시 여자에겐 조금 마음이 약해지기도 하고.

아무래도 사장님이 돌아오면 떠나는 것이 좋겠다.

재이는 그날 밤 자기 전에 시안에게 그 사실을 메시지로 알렸다. 역시나 답은 오지 않았지만, 자신의 일정에 맞춰 모든 걸 준비해 줄 것이라는 사실을 알고 있었다.

그리고 사장님이 돌아오는 날이 되었다. 점심시간쯤 인천 공항에 도착한다고 했던가.

재이는 새벽같이 일어나 대충 오늘내일 쓸 것들만 남기고 자신의 물건을 전부 챙겼다. 당분간 자신도 시안을 따라 묵묵히 몸을 움직이면서 남들과 부대끼지 않는 일을 좀 하는 게 좋을지도 모르겠다고 생각했다. 게으르고 몸 쓰는 건 질색이라 가급적 그런 일을 피해 왔지만, 당분간만이라도.

거실로 나와 보니, 묘하게 집안의 공기가 달라져 있었다.

사장님의 방문이 열려 있어 반사적으로 들여다보니, 모든 것이 원래 모습 그대로였다. 자신이 청소를 할 틈도 없었는데, 사모님이 직접 정리했는지 완벽하게 깨끗했다. 라이프 랜드스케이프 관련 물건들도 제자리에 있던 것은 물론이다. 아, 그러고 보니 옥상에 널어놓았던 허그 슈트도 들여다 놓아야겠구나.

그 생각을 하면서 재이가 계단을 오르려는데, 그때 사모님 방의 문이 열렸다.

머리부터 발끝까지 완벽하게 정돈된 모습으로, 아무 일도 없었던 것 같은 창백한 얼굴로- 사모님이 살짝 재이에게 고갯짓을 했다.

"다녀올게요."

사모님이 말했다. 아무 일도 없었다는 듯이, 아니 정말로 아무 일도 없었다고 믿게 만드는, 단 한 마디였다. 재이는 그에게 꾸벅, 고개를 숙인 뒤 침을 살짝 삼키며 위로 뛰어 올라갔다.

*

"아아, 진짜 재밌게 치고 왔네. 재이 씨, 나 살이 너무 탄 것 같지 않아? 단 거랑 튀긴 거 너무 많이 먹어서 배 나온 것 좀 봐. 하와이 음식은 진짜 언제 먹어도 맛있다니까. 별일 없었지?"

몇 시간 뒤, 사장님이 요란스럽게 떠들면서 집에 돌아왔다.

"네, 별일은요."

재이는 언제나처럼 밝게 웃으면서 사장님을 맞이했다.

"그래. 집사람은?"

잠시 사장님과 재이의 눈이 마주쳤다.

"외출하셨어요."

거짓말을 하는 것도 아니었는데, 재이의 마음이 한번 출렁였다. 그래서인지 평소답지 않게 살짝 다급한 목소리로 덧붙였다.

"참, 부탁하신 물건은 깨끗이 세탁해서 침대 위에 개어 놨어요."
"캬, 역시 우리 재이 씨야!"

뜻을 알 수 없는 말을 하며, 사장님이 하사하듯 가방에

서 하와이풍 포장이 멋진 마카다미아 초콜릿을 꺼내 건네주
었다. 재이는 두 손으로 공손하게 받았다. 단 것을 조금도 좋
아하진 않지만, 시안에겐 소소한 선물이 될 테니까.

그 후의 시간은 모처럼 평범하게 흘러갔다. 긴 비행이 피
곤했는지, 사장님도 곤히 낮잠을 잤고 사모님은 요가가 끝나
고 돌아오는 시간에 맞춰서 완벽하게 흐트러짐 없는 모습으
로 집에 왔다. 재이는 저녁 식사를 준비했고, 사장님과 사모
님은 최소한의 의례적인 대화를 나누면서 함께 식사했다.

그러고 보니 일을 관두겠다고 말하는 것을 잊었다. 재이
는 방에 돌아와서야 그 사실을 깨달았다.

하지만 오랜만에 겨우 일상으로 돌아온 하루였으므로,
그 균형을 깰지도 모르는 말을 하는 것이 아무래도 내키지
않았다. 내내 꼭 살얼음판을 걷는 기분이었던 것이다. 최소
한 반나절 이상은 모든 것이 원래대로 돌아왔다는 것을 확
인해야만 안심이 될 것 같았다.

내일 오전에 말하고 떠나면 된다. 이 집의 사장님이라면
지난 월급은 바로 현금으로 지급해 줄 테고, 아니면 수표라
도 써 달라고 하면 될 일이다. 가지 말라 붙잡으면 엄마든 아
빠든 여동생이든 아무 가족의 이름을 팔면 될 것이다. 앓던
병의 병세가 악화됐다고 하든, 사고를 당했다고 하든 뭐든
간에 – 핑계는 얼마든지 댈 수 있다. 아무 문제 없을 것이다.

그런 생각을 하며 재이는 쉽사리 들지 않는 잠을 억지로

청했다.

　다음 날 아침.

　평소보다 한 시간 일찍 일어난 재이는 당장이라도 떠날 수 있게 짐 가방을 완벽히 챙긴 다음, 마지막으로 책잡힐 일이 없는지 집을 점검하기 위해 조용히 방문을 열고 밖으로 나왔다.

　부엌, 세탁실, 베란다와 창고, 거실, 화장실과 정원까지도 특별히 눈에 띄는 것은 없었다.

　최근 몇 년간 만났던 소파 중에 가장 완벽했던, 최고급 베네치아산 통가죽이여, 안녕. 그리울 거야.

　그런 생각을 하며 잠시 멍하니 앉아 있는데, 사모님이 완벽히 꾸민 모습으로 방에서 나왔다. 무심코 시계를 보니, 7시. 평상시 그가 일어나 활동을 시작하는 시간이었다. 벌써 시간이 이렇게 흐르다니.

　재이가 무심코 고개를 까딱이며 일어나자, 사모님 역시 살짝 고개를 끄덕이더니 바쁘게 부엌으로 갔다.

　"뭐 필요한 거 있으세요?"

　재이는 자신의 본분에 맞게 행동하기 위해 그런 사모님의 뒤를 따랐다.

그러나 사모님은 대답 없이 빠르게 움직여 서랍을 여닫은 다음, 다시 부엌에서 빠져나왔다. 그러더니, 사장님의 방으로 향했다.

아, 아직 안 일어났을 텐데. 속으로 생각하면서도, 재이는 어쩐지 가만히 그 자리에 서서 사모님의 뒷모습을 바라보았다.

똑똑, 사모님이 그 방의 문을 노크했다.

아무런 대답이 없자, 사모님은 문을 열고 안으로 들어갔다.

이윽고, '으아아아아아악!!!' 하고, 지옥의 문이라도 열린 것 같은 비명이 들렸다.

재이의 모골이 오싹해졌다. 어쩔 줄 모르고 엉거주춤 서 있다가, 본능적으로 사장님의 방을 향해 뛰어갔다.

침대에 누워 자고 있던 사장님의 몸이ㅡ 온통 난도질되어 있었다. 특히 배와 성기 주변이 칼에 찔리고 썰려 그야말로 곤죽이 되었다. 매일 정성껏 빨고 갈며 관리해 왔던 인도산 순면 100퍼센트의 시트와 무중력 메모리폼 매트리스는 검붉은 피로 담뿍 젖어 있었다. 재이는 구역질을 겨우 참았다.

사모님은 사장님의 책상 앞에 가쁜 숨을 내쉬며 서 있었다.

어두운 군청색 원피스를 입긴 했지만, 손과 목, 다리까지 살이 드러난 모든 곳이 피범벅이었다.

"옷 세탁, 바로 해 드릴까요?"라고 물어야 하나? 아니, 이제 나를 죽일 차례인 건가? 죽기 전에 경찰에 신고해야 하나? 일단 도망쳐야 하나?

너무나 혼란스러워서 재이는 도대체 뭘 어떻게 해야 할지 알 수가 없었다.

그때 사모님이 천천히 몸을 돌렸다. 예상했던 대로 그의 손에는 거대한 중식도가 들려 있었다. 재이가 각종 고기 요리를 할 때 요긴하게 썼던 칼이었다. 수도 없이 닭의 몸통을 텅 내려쳤던, 그러면 뼈까지 깨끗하게 썰리던 촉감이 떠올라 소름이 돋았다.

재이는 저도 모르게 뒤로 주춤했다.

사모님이 스르륵, 발걸음 소리도 없이 한 걸음씩 다가왔다.

재이의 온몸이 부들부들 떨리기 시작했다.

당장 이 방에서 벗어나고 싶었지만, 도저히 몸이 움직이질 않았다.

사모님의 희미한 입김이 피부에 느껴질 정도로 그가 가까이 다가왔다.

재이가 공포에 질려 눈을 질끈 감으려던 순간, 사모님과 눈이 마주치며 맥이 탁 풀렸다.

사모님이, 웃고 있었다.

이 집에 있으면서 단 한 번도 본 적이 없었던 밝은 미소였다.

그렇게 아름다운 얼굴로, 사모님은 재이가 투명 인간이라도 되는 듯 그 앞을 지나 방문을 열고 나갔다.

그제야 몸의 떨림이 조금 진정된 재이는, 당장 그를 따라가려다 문득 마음에 걸려 사모님이 서 있던 책상 앞으로 가보았다.

그 위에는 찢어진 종이 한 장이 놓여 있었다.

사장님이 늘 쌓아 놓고 절대 읽지 않는 경제 경영서의 한 장을 찢어 낸 듯했다.

그 위로 흔들리는 필체로 이렇게 적혀 있었다.

기대해. N.

재이는 재빨리 사장님의 방을 빠져나왔다.

어디선가 바람이 들어온다 했더니, 현관문이 열린 채였다. 사모님이 그대로 밖으로 나간 모양이었다.

더는 지체할 시간이 없어.

재이는 서둘러 자신의 방으로 뛰어들어서, 이미 완벽하게 챙겨 둔 자신의 짐 가방을 낚아챘다. 선글라스와 마스크를 꺼내 걸치고서, 재이는 최대한 빠르게 몸을 움직였다.

2.
리사는 갖고 싶다

"오늘 오전 성북구 타운하우스에서 60대 남성 C 씨가 참혹하게 살해된 채 발견되었습니다. 경찰은 아내 N 씨를 유력한 용의자로 보고…"

—

"방금 저희 NBC 단독 보도로 현장에서 발견된 메모의 내용이 공개되었는데요. 기대해, N. 대체 무슨 의미일까요? 프로파일러 강지선 교수님을 이 자리에 모셨습니다."

"네, 안녕하세요."

"마침 공교롭게도 용의자 본인의 이니셜이 N이라고 알려졌잖습니까. 지킬 박사와 하이드처럼 일종의 이중인격, 혹은 정신 분열증이 아닐까 하는 네티즌들의 추측도 있었는데, 어떻습니까?"

"경찰은 행방불명된 N 씨의 공개 수배를 검토하는 한편, 온라인 공간에서 N 씨의 신상이라며 전혀 관계없는 시민들의 사진과 연락처가 유포되고 있다며 자제를 호소했습니다."

―

"그 성북동 타운하우스 부동산 가격, 바로 지난주에 거래된 실거래가 궁금하시죠?"

―

"어제였지요, 호라이즌 시절 C 씨의 후배였다고 밝힌 네티즌이 남몰래 베풀었던 그의 선행들을 공개해 많은 이들에게 안타까움을 주고 있습니다. 호라이즌 하면 국내 최고 기업 아닙니까. 이렇게 좋은 상사, 동료였던 분이…"

―

"경찰이 오늘 사라진 N 씨를 공개 수배 했습니다. 이 얼굴을 잘 봐 주시기 바랍니다. 극도로 위험한 상태일 수 있으니, 섣불리 접근하지 마시고 꼭 경찰에 신고하여 주시기 바랍니다."

―

"어제 공개된 N 씨 얼굴이요. 그 나이에 너무 예쁘잖아요. 저는 솔직히 그 생각부터 들었거든요. 저거 자연산인가? 제가 그래서 우리 구독자님들을 위해 성형 전문가를 모셨습니다."

"N 씨가 오래전부터 조울증으로 치료를 받고 있었다는 사실이 새롭게 공개되었는데요. 이 사실과 이번 살인 사건은 어떤 연관 관계가 있는 것일까요? C 씨는 이 사실을 알고 있었을까요?"

—

"지금 동영상 포털에도 그렇고 이 N 씨에 대한 제보들이 쏟아집니다. 요약하자면 대기업에서 중역까지 역임한 C 씨의 재산을 노리고 결혼을 해서, 가정생활에는 충실하지 않고 늘 밖으로 나돌면서 쇼핑하고 피부 관리하고 호의호식하다가 갑자기 남편을 죽이고 도망을 쳤다는 겁니다. 제 생각엔 말이죠. N 씨가 뭔가 다급히 감추어야만 했던 일이 있었던 것 아닐까 싶어요."

"그럴 일이 뭐죠? 역시, 새 남자? 다들 얘기하지만, 꽤나 미인 아닙니까. 10년 N 씨랑 같이 살고 칼 맞아 죽기, 못생긴 여자랑 살다가 내가 죽이기, 이런 밸런스 게임 글도 있던데."

"크크큭, 뭐, 그럴 수도 있고요. 상식적으로, 어린 딸이 아직 미국에서 공부 중인데 이런 일을 벌인다는 게 말이죠, 엄마로서…."

'성북구 타운하우스 살인 사건' 혹은 '호라이즌 중역 살인 사건'이라고 불리는 일이 터진지 일주일이 흘렀다. 바로 그 호라이즌 소속 개발 연구소 건물의 최상층, 가장 넓은 소장실에서, 리사는 대형 스크린 너머로 관련 보도와 영상들을 빠르게 훑는 중이었다. 집중하기 위해 턱선까지 내려오는 검은 단발머리는 잠시 올려 묶었고, 흰 피부 톤에 잘 어울리는 하늘색 셔츠의 소매도 걷어 올렸다.

C 씨를 '호라이즌 중역'이라 부르기엔 이미 퇴직한 지 수년이 지난 인물이니, 부정적인 이미지를 줄 수 있는 강력 범죄 사건에 되도록 회사의 이름을 언급하지 말아 달라고 호라이즌 법무 팀에서 보도 자료를 뿌린 것이 바로 사건 다음 날이었다.

그 안건이 네트워크에 올라왔길래, 무슨 일인지 리사도 한번 훑어보긴 했다. 하지만 연구소 소장으로서가 아니라 자연인 리사의 입장에서는, 그다지 관심이 가지 않는 일이었다.

오빠인 리오는 자기 SNS에다가 뉴스를 보고 생각이 났다며, 죽은 C 씨가 어렸을 때 자신에게 잘해 주었다는 둥, 좋은 분이었다는 둥 되지도 않는 사연 팔이를 하면서 염병을 떨고 있었다. 리사로서는 기가 막힐 노릇이었다. 절대로 기억도 못 할 게 뻔한데, 어떻게 비서들 들들 볶아서 연결고리를 하나라도 찾았나 보지? 하여튼 관종, 언플의 제왕. 지가 무슨 연예인인 줄 알아.

사람은 늘 죽는다. 살인도 늘 일어난다. 미녀 살인마라는 둥, 불륜이니 치정이니 하면서 대단한 일인 양 며칠을 떠

72

드는 건 정말이지 할 일 없는 사람들의 멍청한 유희일 뿐이다. 그런 데 관심 가질 시간 따위, 있을 리가.

그보다는 이제 서서히 1차 한정 출고량의 판매가 끝나가는 라이프 랜드스케이프의 펌웨어를 업데이트하고, 보급형 제품을 준비를 하는 것만으로도 바빴다.

무엇보다 처음 계획했던 대로 2년 안에 이 제품을 궤도에 올려놓기만 하면, 호라이즌 IT의 다음 대표 자리는 비로소 자신의 것이될 터였다. 그럼 총수가 되는 것도 시간문제겠지. 그걸 위해 얼마나 오랜 시간을 달려왔던가. 다행스럽게도 론칭은 성공적이었으니, 이제 반쯤은 온 것이나 다름없었다. 어떤 순간에도 방심은 금물이지만, 그래도 반쯤은.

그런데 어젯밤 갑자기 비상용 휴대폰이 울리더니, 예상치 못했던 내용의 메시지 한 통이 도착했다.

성북구 타운하우스 살인 사건에 대해 자세히 파악해 둘 것. 곧 다시 연락하겠음.

죽은 C 씨는 이미 회사를 관둔 지 오래라 전혀 상관이 없다고 하더니, 갑자기 왜? 의아한 생각이 들었지만, 이 발신자의 뜻에 의문을 가지는 것은 자신의 일이 아니었기 때문에 리사는 묵묵히 언제나처럼 지시받은 대로 했다.

사건 발생 이후 레거시 미디어부터 뉴 미디어까지, 이 일에 대해 떠들어 댄 양이 엄청났기 때문에 그걸 전부 훑는 것은 물리적으로 불가능에 가까웠다. 하지만 리사는 밤을 새워 가며 그 내용을 하나도 빠짐없이 전부 확인했다. 무엇이든 완벽하게 준비하는 것에 늘 익숙했고, 그것이 발신자의 뜻이기도 할 터였다. 덕분에 그 20여 시간 동안 리사는 그 동네와 집, 부부의 공식적, 비공식적인 사생활에 대해 아주 많은 것들을 알게 되었다. 하지만 뭐가 필요하게 될지 모르니까, 이것으로도 완벽하지 않았다. 어떤 헛소리라도 좋으니, 뭐든 더 많은 것을.

그때 누군가가 소장실 문을 가볍게 두드렸다.

리사가 채 반응하기도 전에, 문이 열렸다. 그 행동에, 누구인지 얼굴을 안 봐도 알 수 있었다.

태오였다. 아버지, 그러니까 호라이즌의 총수인 노아의 비서실 실장이다. 얼굴은 10년째 늙지도 않고 그대로인 데다 마네킹처럼 완벽한 몸에, 아주 꼭 맞는 슈트를 입고 있었다. 불편하지도 않은가? 하지만 곰곰이 생각해 보면 리사 자신도 그런 생각을 할 처지는 아니었다.

"어젯밤 메시지는 잘 받으셨지요?"

인사 따윈 생략하고 성큼성큼 들어와, 맞은편에 앉으며 태오가 물었다.

리사가 대답 대신 고개를 끄덕 하자, 태오가 리모컨을 들어 대형 모니터를 껐다.

그러곤 가방에서 사진 한 장을 꺼내 테이블 위로 미끄러 뜨렸다.

어떤 여자의 클로즈업 사진이었다. CCTV의 한 장면을 잘라 낸 듯했다. 무방비한 표정으로 담배를 꺼내는 여자의 나이는 20대 후반쯤, 자신과 또래로 보였다. 쌍꺼풀 없는 눈에 둥그스름한 콧날, 장난기 어린 표정이 인상적이었다. 청색 앞치마 위에 까만 후드집업을 걸친 모습이, 고급 레스토랑 주방의 능숙한 아르바이트생처럼 보였다.

확인을 마친 리사가 고개를 들자, 태오가 말했다.

"이 여자를 찾으세요. 무슨 수를 써서라도."

그러곤 용건이 끝났다는 듯이 자리에서 일어났다.

왜죠? 이게 누구죠? 무슨 수라도 쓰라니, 뭘 하라는 거예요?

그런 질문들이 머릿속에 떠오르기는 했지만, 굳게 닫혀 있는 태오의 입술을 보면서 리사는 쓸데없는 시간 낭비는 하지 않는 게 좋겠다고 생각했다.

"언제까지요?"

성실한 수행자로서 반사적으로 떠오르는 의문까지 막지는 못했다.

태오가 그 순간 눈을 크게 뜨더니, 아주 미세하게 입과 눈꼬리를 움직이며 살짝 웃었다. 리사는 태연한 척 그 얼굴을 바라보았지만, 속으로는 익숙한 모멸감을 느꼈다.

아버지인 노아는 이 자리에 없는데도, 태오의 몸을 매개로 이미 여기에 와 있는 것 같은 느낌. 그것이 태오의 무서운 점이었고, 무엇보다도 노아의 지독한 점이었다.

견고하고도 섬세하게 눈 닿는 모든 곳에 존재하는 노아의 힘에 짓눌리지 않기 위해서, 리사는 깊게 숨을 들이마시며 태오가 준 사진을 들어서 한 번 더 들여다보았다.

태오는 대답 대신 리모컨으로 대형 모니터를 다시 켰다.

그리고 화면을 향해 한번 눈짓한 뒤, 그대로 방을 떠났다.

리사는 우선 뭐든지 할 수 있는 유능한 자신의 비서, 하나를 부르기 위해 휴대폰을 들었다.

그러다 문득 손을 멈추었다.

태오가 틀어 두고 떠난 모니터에서 지금의 자신에게 가장 중요한 글자들이 반짝이고 있었다.

라이프 랜드스케이프.

"경찰 발표에 따르면 죽은 C 씨는 지난 24일 호라이즌의 신제품 라이프 랜드스케이프를 구입했다고 합니다. 그러나 자택에서는 해당 기기가 발견되지 않았는데요. 고가의 신제품이 사라진 정황을 이상하게 여긴 경찰은 탐문 조사를 통해 그 집에 입주 가사 도우미가 살고 있었다는 사실을 파악했습니다. 해당 도우미가 라이프 랜드스케이프를 가져갔는지, 아직 행방이 묘연한 유력 용의자 N 씨와 공범인지, 사건과 어떤 관련성이 있는지는 아직 조사 중입니다."

리사는 그 말을 들으면서 다시 한번 자신이 손에 쥔 사진을 내려다보았다.

퍼즐의 일부가 맞춰지는 기분이었다.

이 사람이겠군.

저 집에 있었다는 입주 가사 도우미. 이 사람이… 아마도, 주인집의 라이프 랜드스케이프를 가지고 사라진 것이겠지.

그 말인즉슨, 시간이 없다는 뜻이다. 태오가 비웃듯이 바라본 것도 그 나름대로 일리는 있었다. 리사의 머리가 복잡하게 돌아가기 시작했다.

모니터 속에서는 앵커의 말이 이어졌다. 귓가에서 그 말들이 무심코 흘러가다가….

"오늘 경찰 발표 직후, 한 시민 단체가 호라이즌을 고발하겠다고 밝혔습니다. 인간의 뇌와 인지에 악영향을 줄 수도 있다는 이유로 라이프 랜드스케이프를 반대해 왔던 이들은, 이번 사건으로 그 인과가 명백해졌다며…."

그 순간만은 참지 못하고, 리모컨의 버튼을 눌러서 리사는 모니터를 껐다.

가뜩이나 잠을 못 자서 골이 울리는데 과학의 ㄱ자도 모르는 멍청이들이 뭐가 어째…?

아무 관련도 없는 멍청한 살인 사건 때문에 이제 막 출시한 라이프 랜드스케이프에 오명이 끼얹어지다니, 도저히 참을 수 없는 일이다. 이 여자를 찾는 것이 당장에 어떤 도움이 되는지까지는 분명히 알 수 없지만, 호라이즌의 이익에 누구보다 민감한 아버지의 명령이라면 분명히 어떤 해결책과 연결되어 있을 것이다.

그러니까 저 멍청이들을 확실히 응징하기 위해서라도 당장 해야 할 일은, 우선 이 여자를 찾는 일임이 틀림없겠지….

리사는 서둘러 하나에게 전화를 걸었다.

*

그리고 그날 밤, 리사가 분 단위로 숨 가쁘게 돌아가는 일과를 마치고 집에 돌아왔을 때. 습관적으로 TV를 켜자, 뜻밖의 뉴스 속보가 흘러나오고 있었다.

타운하우스 살인 사건의 용의자, N 씨가 방금 양재동의 한 건물에서 경찰과 대치하다가 끝내 극단적 선택을 했습니다. 다시 한번 말씀드립니다. 약 30분 전인 밤 12시 17분, 시민 제보를 받고 출동한 경찰이······.

흠, 결국 이렇게 되었군.

리사는 무표정하게 기자의 목소리를 들으면서 이 사건과 관련된 자신의 머릿속 파일에 '용의자 사망'이라는 팩트를 업데이트했다.

경찰에게 둘러싸이고 보니 더는 가망이 없다는 생각에 그런 판단을 했을 것이다. 바보같이, 누군가를 더 죽이고 싶었으면 확실한 위장을 하고 나오거나, 더 빨리 움직였어야지. 이 상황에서 주어진 골든타임은 기껏해야 30분쯤이었을 것이다. 그렇게 난도질해 놓은 것을 들켰으니, 어차피 시간문제였다고.

미녀 살인자가 기자들 앞에 서고, 재판을 받으면서 자신이 왜 살인을 할 수밖에 없었는지를 소상히 밝히며 울고, 형량이 얼마가 나올지를 모두가 궁금해하며 각종 전문가가 패널로 나와 방송에서 한마디씩 하고, 그런 극적인 쇼가 앞으로 한참 남았다고 기대했던 사람들은 실망하겠지-. 그러니 여러모로 오히려 나은 상황일지도 모른다.

덕분에 슬슬 이 사건 얘기도 사그라들 것이다. 그건 우리로선 환영할 일이고.

리사에겐, 기껏해야 그 정도의 일이었다.

소셜 미디어의 타임 라인에는 떨어진 여자의 몸의 어디어디가 어떻게 부러지고 짓이겨져 있었다, 어디 병원에 실려 갔다더라, 현장에서 우연히 그 모습을 본 몇 명이 놀라서 기절했다 하는 글들이 계속 올라오고 있었다. 리사는 새로 고침을 하며 눈 하나 깜짝하지 않고 관련 내용을 보고 또 보았다.

*

며칠 뒤.

경기도 외곽, 오래된 싸구려 모텔 건물 앞에 취재 차량이 진을 치고 있었다.

이윽고 경찰들과 함께 입구로 나온 것은- 살짝 다리가 비치는 검은색 스타킹에, 꼭 앞치마처럼 생긴 디테일이 달린 타이트한 A 라인 원피스를 입은 재이였다. 재이가 실제로 입주 가사 도우미 일을 할 때 그런 복장을 한 적은 단 한 번도 없다. 하지만 사람들은 오래전부터 이와 비슷한 옷차림을 '메이드 복'이라 불렀다. 그리고 그 차림에는 암암리에 모두가 공유하는 야릇한 환상이 있었기에 모텔에서 나오는 이 젊고 매력적인 여성을 양옆에서 붙잡고 나오는 경찰들은 에스코트를 하는지 긴급 호송을 하는지 영 헷갈려하는 모습이었다. 그런 광경을 놓칠 리 없는 취재진의 플래시 세례가 쏟아졌고, 밤늦은 시간임에도 그 사진이 순식간에 퍼져 나간 것은 물론이다.

심지어 지금 가장 센세이셔널한 살인 사건과 관계된 사람이 아닌가. 용의자 N이 사망한 후, 경찰은 수사 종료 절차를 밟기 시작했고 솔직히 더 나올 새로운 '떡밥'이 없어 슬슬 대중의 관심이 떨어지고 있을 무렵이었기에 재이에 대한 미디어의 반응은 열광적이었다.

게다가 모두가 호라이즌의 눈치를 보느라 대놓고 다루지는 못했지만, 새로 발명된 '라이프 랜드스케이프'라는 제품에 어떤 악마적인 힘이 있을지도 모른다는 소문과 더불어 사람들의 호기심도 점점 더 커져 가는 상황이었다. 재이는 부부의 사라진 라이프 랜드스케이프를 가지고 갔을지도 모를 유력한 용의자였으므로, 차마 짐작할 수 없는 충격적인 사실을 비로소 밝혀 주리라는 기대가 사람들 사이에 은근히 퍼져 나갔다. 게다가 이렇게 섹시한 모습의 등장이라니, 그야말로 금상첨화. 사진이 공개된 지 두 시간여 만에 일부 커뮤니티에는 죽은 C 씨와 재이, 그리고 N 씨를 둘러싼 불순한 추측과 망상이 쏟아지기 시작했다.

리사는 소장실 모니터에 가득 찬 재이의 홍조 띤 얼굴을 보며, 어쩐지 목이 타는 기분에 냉장고에서 알프스산 생수를 꺼내 한 모금 마셨다. 태오가 주고 간 사진을 다시 한번 들어서 확인해 보았다. 앞으로 어떤 보도들이 이어질지가 중요했다. 혹시 모르니 비서들을 경찰서로 보내 둬야겠다고 생각하며 리사는 휴대폰을 손에 들었다.

그 길로 경찰서에 간 재이는 바로 국선변호인 신청을 했고, 그와 함께 열두 시간 이상 조사를 받았다. 그러는 동안 재이와 사건에 관한 모든 것을 알고 싶어 하는 기자들의 문의와 방문이 쏟아져 경찰서 기자실은 그야말로 발 디딜 틈이 없었다. 그런데도 아직은 아무것도 공개할 수 없다는 것이 경찰의 공식 입장이었는데, 평소에 잘 관리해 오던 흡연실 인맥들을 십분 활용한 기자들 덕분에 첫날 조사가 끝난 지 세 시간 만에 찌라시가 돌기 시작했다.

받) 사건 당일, 피조사자 부엌 베란다 쪽문으로 도주했다고 진술.
CCTV 설치 안 된 사각지대라 초기 조사에서 경찰이 누락 실수한 것.
초동 수사한 형사 2인 3개월 감봉 예정이라고.

결국 단순 절도로 마무리될 듯.

　또한 이번 조사의 핵심 중 하나인 라이프 랜드스케이프에 대해, 재이는 자신이 가지고 나간 것이 맞다고 인정했다. 하지만 값비싼 물건임을 알고 있었기에 어딘가에 되팔기 위해 가지고 나왔을 뿐 어떤 기능을 가진 물건인지, 두 사람이 그걸 가지고 무엇을 했는지는 전혀 알지 못한다고 진술했다. 뭔가 알 듯 말 듯 한, 충족이 될 듯 말 듯 한 정보였기에 사람들은 그 정도의 떡밥으로 이것저것 뻥튀기를 해서 신나게 돌려먹으면서 다음 소식을 기다렸다. 간간이 재이가 그동안 일했던 곳들에 대한 정보와 목격담들이 올라왔고, 재이를 그 집에 파견했던 입주 가사 도우미 업체가 어딘지를 알고 싶어 하는 글들이 수없이 올라왔다.

　며칠 뒤, 재이를 동반한 현장 감식이 있었다. 그때 재이는 수수하고 차분한 검은 셔츠와 바지 차림으로 카메라 앞에 등장했는데, 범행이 이루어진 침실에서는 떨며 눈물을 보이는 등 동요하는 모습을 보여 보는 모두의 마음을 안타깝게 하기도 했다.
　당일 아침, 사모님이 부엌에서 중식도를 가지고 사장님의 방에 들어가 범행을 저질렀으며, 여기에 서서 문제의 메모를 남긴 뒤에 나갔다는 재이의 증언은 사체와 현장을 감식했던 법의학자의 진술과도 일치하는 것이었고, 여러 가지를 종합해 볼 때 재이가 살인 사건의 공범이거나 어떤 식으로든 연루되었다는 정황은 찾을 수 없다는 것이 결론이었다.

그렇게 재이의 혐의가 사실상 벗겨지고 수사도 마무리 단계에 이르자 그간 기다렸던 기자들의 요구가 빗발쳤다. 국민들의 알 권리를 위해 기자 회견을 열어 달라는 것이었다. 어떤 국민의 무슨 알 권리? 따져 보자면 다소 불명확한 요구였던 데다 재이의 신분도 그저 참고인이었을 뿐이라 여러모로 이례적이었지만 미디어, 시민 친화적인 이미지를 위해 되도록 협조하라는 청장의 지시가 떨어졌다.

이런저런 우연들이 겹쳐서, 결국 재이와 관련된 모든 조사가 정식으로 끝난 뒤, 관할인 서울 경찰청 대강당에서 기자 회견이 열렸다.

재이는 단정한 하늘색 블라우스를 입고 하이에나 같은 기자들의 앞에 나섰다.

수십 개의 채널이 이 현장을 중계하고 있었다.

"편하게 물어보세요. 아는 건 다 말씀드릴 테니까."

모텔에서 막 찍혔을 땐 어딘가 위험하고 도발적인 인상을 풍겼다면, 현장 감식에선 안쓰러운 피해자 같았고, 모든 수사를 마치고 마이크 앞에 선 지금은 별로 긴장한 기색도 없이 생글생글 웃는 얼굴이, 꼭 능숙한 진행자 같았다.

"그 집에 두 달 정도 계셨던 것으로 알고 있는데요. 지켜보시기에 어땠습니까. 부부 사이에 특별히 문제는 없었나요?"

"솔직히 말씀드리면 사이가 좋은 부부는 아니었어요. 각자의 일과로 늘 바쁘셨고 대화도 거의 없었거든요. 하지만 저녁 식사는 늘 같이했고, 각방을 쓰시긴 해도 가끔씩은 사장님 방에서 함께 주무셨던 걸로 알고 있어요. 그 정도면 평범한 부부가 아니었을까요? 예전엔 서로 무척 사랑하셨던 것 같거든요… 뭐, 개인적으로 사장님이 좀 손버릇이 안 좋으신 편이라고 생각하긴 했지만요……."

그러면서 쿡쿡 재이가 웃자 다시 한번 플래시 세례가 쏟아졌다.

"왜죠?"

"그건 노 코멘트 할게요. 아, 오해하진 마세요. 특별히 돌아가신 사장님께 원한이 있는 건 아니니까요."

그 말에 강당이 크게 웅성거렸다. 또 다른 기자가 질문했다.

"두 사람이 각방을 썼다고요? 왜죠?"

"네, 그랬어요. 이유는 저도 모르죠."

—

"라이프 랜드스케이프는 누구 방에 있었나요?"

"사장님 방에요."

—

"두 분이 함께 사용했나요?"

"사장님만 사용하셨다고 알고 있어요."

—

"C 씨는 두 번째 결혼이었던 것으로 알려졌고 결혼할 때 C 씨의 장성한 자녀가 둘 있다고 하는데요. 그와 관련해서 특별한 일은 없었나요?"

"사장님 쪽의 자녀분들은 한 번도 직접 뵌 적 없어요. 이미 성인이라 예전에 독립을 하셨다고만 들었고, 미국에 계신 두 분의 따님은… 사모님 부탁으로 한국 라면이나 과자를 택배로 부쳐 드린 적이 한 번 있어요. 그게 전부예요."

—

"N 씨의 일과는 보통 어떤 것이었나요?"

"사교 모임과 미용실, 때때로 피부과, 때때로 백화점, 그리고 요가 아니면 필라테스. 매일 오후 5시엔 귀가하셨어요."

"집에서 N 씨가 먹던 정신과 약을 본 적은 없나요?"

"솔직히 말하면, 본 적 있어요. 숨겨져 있었으니 사장님은 모르셨을 거예요. 어떤 증세가 얼마나 심각하신지는 저도 몰랐지만요."

—

"왜 사건 직후 경찰에 신고하지 않고 도망쳤습니까? 많은 분께서 그 점이 수상하다고 생각하는데요."

"일단, 너무 무서웠어요. 사모님에게 무슨 일을 당할지도 모른다는 생각도 들었고, 바보 같은 생각에 제가 범인으로 의심받을지도 모른다고도 생각했고요… 그야말로 경황이 없었습니다. 저도 잘못된 판단이었다고 생각하고 있습니다."

—

"라이프 랜드스케이프를 가지고 나갔다고 인정하셨다는 보도가 있었는데요. 들고 나간 이후 어떻게 하셨습니까?"

"사장님하고 그 제품 프레젠테이션을 같이 봤었기 때문에 비싼 물건이라는 건 알고 있었어요. 분명히 돈이 될 거라는 생각이 들어서 들고 나갔고, 아무래도 장물이었기 때문에… 들키지 않으려고 분해해서 팔 수 있는 전자 상가에 갔습니다. 거기서 팔아 돈을 받았고요. 경찰 조사 때 모두 밝힌 사실입니다."

—

"일각에선 그 라이프 랜드스케이프가 살인 사건의 원인이 된 거 아니냐는 말이 있던데요. 어떻게 보십니까? 기기를 사용하고서 부부에게 달라진 점이 있나요?"

"저는 정말 그 물건에 대해선 전혀 몰라서요. 하지만 아까 말씀드렸던 것처럼 사장님이 구입하시고 쭉 사장님 방에 있던 물건이라, 그게 사모님에게 어떤 영향을 주었다는 건지 저로선 잘 모르겠네요. 사장님도 그 기기를 구입하시긴 했지만 최근엔 친구들과 골프 여행에 다녀오셨고 특별히 평소와 달라지신 건 없었어요."

—

"어쨌든 해당 제품을 가지고 나간 건 절도죄에 해당하는데, 경찰에서 그에 대해 조사는 어떻게 마무리되었습니까?"

"좀 시일이 지나긴 했지만 제가 자수했고, 절도 피해자라 할 수 있는 두 분이 이미 세상을 떠나신 뒤라서… 물건 팔아 받은 돈도 경찰에 모두 건네서, 기부될 예정이고요. 수사 종결로 처리될 예정이라 들었습니다. 경솔한 행동을 한 점, 다시 한번 정말 죄송합니다. 저도 쭉 마음이 좋지 않았어요. 특히 사모님께서도 결국 돌아가셨다는 뉴스를 봤을 땐 더더욱… 그래서 며칠 힘들게 지내다가 제가 먼저 경찰에 연락을 드린 거예요. 조사를 받겠으니 와 주실 수 있냐고……"

그 순간에는 재이가 살짝 눈물을 보였다. 카메라들이 일제히 그의 얼굴을 클로즈업했다.

"입주 가사 도우미를 하면서 그렇게 물건에 손을 댄 경험이 많은 편입니까? 그렇게 충격적인 사건을 겪은 직후에 고가의 물건을 챙겨서 들고 나간다니, 일반적인 사람이라면 하기 어려운 행동 같은데요."

분위기를 깨듯 대머리에 수염을 기른 기자가 기묘하게 눈을 빛내며 재이에게 물었다.
잠시 장내에 침묵이 흘렀다.

"아유, 절대 아니죠~ 그랬다면 제가 이렇게 오랫동안 아무 문제 없이 평점 5점에 빛나는 입주 가사 도우미로 일하고 있었겠어요? 인터넷에 쫙 퍼졌다던데요? 그간 제가 일했던 곳들과 이력서. 이전 고용주분들한테 확인해 보셔도 돼요. 진짜 늘 정직하고 성실하게 일해 왔습니다!"

대놓고 악의적인 질문이었지만 한편으론 모두가 기다렸던 말이기에 — 잠자코 눈을 빛내던 기자들은, 예상과 다른 답변에 낮은 탄성을 내뱉었다.

"아니 다른 것보다도… 이 목구멍이 포도청이라는데. 전

그 일로 월급 주실 고용주분들이 한꺼번에 사라지신 거잖아요. 순전히 제 사정이긴 하지만 매달 갚아야 할 빚이 있고, 돈을 보내 줘야 할 가족도 있거든요. 사건도 충격이지만 제 생계엔… 그 충격도 만만치 않게 커서…… 흑흑."

불쾌한 기색이라곤 하나도 없이 웃으면서, 마지막엔 거의 ㅠ_ㅠ라는 표정을 만들며 귀엽고 장난스럽게 대답하는 재이의 모습에 장내의 기자들은 모두 마음을 빼앗겨 버렸다. 그건 방송을 보고 있는 시청자들도 마찬가지였다.

재이의 말이 이어졌다.

"물론 제가 잘했다는 건 절대 아니에요. 다시는 이런 일 없을 거예요! 그런 살인 사건을 목격하는 일이 또 있으면 안 되겠죠. 그러니까, 지금 이 방송 보시는 분들 중에 누구든 가사 도우미 필요하시면 연락 주세요. 부잣집일수록 좋아요~!"

그러곤 카메라를 향해 찡긋, 윙크.

그 장면 하나를 모두의 뇌리에 남긴 채, 그날의 기자 회견은 깔끔하게 마무리되었다.

여전히 살인의 동기는 미궁에 빠져 있었지만, 부부가 모두 죽은 지 시일이 꽤 지났고, 힘든 환경에서도 밝게 살아온 매력적인 아가씨를 본받아, 자꾸 답도 없이 어두운 사건을 캐는 것은 이젠 그만두자는 쪽으로 분위기가 흘러갔다. 결국 "아휴, 뭐 자기들만 아는 무슨 이유가 있었겠지", "역시 불륜인가", "아내의 정신병이 문제였나 봐", "아무튼 죽은 남편이 참 안됐어" 같은 막연한 말들만 남았다.

이후 일부 끈질긴 채널들에서 C 씨의 전 부인을 찾아가거나, N 씨와 과거에 사귀었다고 주장하는 남자의 인터넷 글을 소개하거나, C 씨가 남긴 재산의 상속은 어떻게 됐는지, 의사로 일하는 아들과 큐레이터로 일하는 딸의 입장이 어떤지, 미국에 있는 두 사람 딸의 심경은 어떤지, 만나 주지 않는 이들을 계속 찾아가서 귀찮게 하는 콘텐츠를 끝없이 만들었지만, 점차 조회 수와 관심은 떨어져 갔다.

그리고 재이를 파견했던 업체는 기자 회견이 끝난 순간부터 물밀듯이 들어오는 문의 전화에 행복한 비명을 지르며 재이에게 여러 차례 연락을 시도했다.

하지만 계속 닿지 않았고, 며칠 뒤에는 결국 "이 번호는 없는 번호입니다"라는 안내음을 듣고야 말았다. 업체의 대표는 의아하다는 생각에 지난 연락처를 다 뒤져서 과거에 잠시 그곳에서 일했던, 재이와 친했다고 기억되는 시안의 연락처를 찾았다. 하지만 성난 남자가 전화를 받더니, 번호가 바뀌었다고 하며 끊어 버렸다. 도통 어떻게 된 영문인지 알 수가 없었다.

*

그 시각, 리사는 자신의 소장실에 앉아 누군가를 기다렸다.

늘 머리끝부터 발끝까지 극도로 긴장해 있는 편이었지만 그 순간만큼은 드물게 살짝 느긋한 기분이 들었다. 오랜만에 느끼는 성취감, 혹은 승리감이라도 불러도 좋을 만한 감정이었다.

평소에는 그런 기분을 엄격하게 통제하곤 했지만, 이 순간만큼은 잠시 취하게 내버려 두고 싶었다.

그때 누군가가 툭 하고 문을 한번 치더니 벌컥 열었다.

리사는 반사적으로 타이트한 양복을 입은 태오의 얼굴을 떠올렸지만, 방 안으로 들어온 사람은- 후드 티에 조거 팬츠를 입고 버킷햇을 눌러쓴 재이였다.

리사는 무표정하게 그를 올려다보았고, 두 사람의 눈이 마주쳤다. 재이가 먼저 씩 웃었다. 그리고 앞에 놓인 의자에 앉으며 리사를 향해 손바닥을 내밀었다. 리사가 그제야 입꼬리를 말아 올리며 악수라도 하듯 자신의 오른손을 마주 내밀어 잡았다. 그러자 재이가 그 손을 탁 쳐내며 말했다.

"그거 말고."

＊

14일 하고도 여섯 시간 전, 리사와 재이는 담배 연기가 자욱한 모텔 방에 함께 있었다.

정확하게 말하자면 두 사람 사이에 리사의 비서인 하나와, 세 명의 호라이즌 연구소 소속 법무 팀 직원이 끼어 있었지만 말이다.

침대에 걸터앉은 재이는 줄담배를 피우고 있었고, 리사는 불결하고 낡은 의자에 조금도 닿기 싫다는 듯 허리를 곧추세우고 앉아 모든 상황이 제대로 돌아가는지를 지켜보고 있었다.

소장실에서 태오로부터 젊은 여자의 사진을 건네받은 지 약 열 시간 만에, 리사는 직원들과 함께 재이가 머무는 모텔방을 급습했다. 그때 재이는 전날 밤 마신 싸구려 와인의 숙취에 해롱거리며 아직 침대 위를 굴러다니는 중이었다.

리사의 비서인 하나가 재이를 깨워 신원을 확인하고 사건 당일 없어진 라이프 랜드스케이프에 대해 물었다. 그러자 눈도 제대로 뜨지 못한 재이가 잠꼬대라도 하듯 말했다.

"지금 사람이 둘이나 죽었는데, 씨발…"

하나의 어깨너머로 재이의 얼굴을 바라보던 리사는 저도 모르게 허 하고 작게 코웃음을 쳤다. 그게 들렸을 거라고는 생각하지 못했는데, 갑자기 재이가 눈을 힐끔 뜨더니, 멍한 표정으로 한참 동안 리사의 얼굴을 바라보았다. 그러곤 허공을 향해 중얼거렸다.

"씨발, 뭐야 이거… 꿈인가?"

하나는 슬쩍 고개를 돌려 얼른 리사의 심기를 살피며 말했다.

"저기요, 재이 씨. 정신 차려요. 네?"

그러곤 다시 한번 재이의 어깨를 흔들었다. 성격이 급하고 모욕에 익숙하지 않은 고용주가 언제 폭발할지 모른다는 생각에 마음이 조급해졌기 때문이다.

그때 재이가 느닷없이 우우우욱 하더니 흰 시트 위로 검붉은 토사물을 뱉어 냈다.

리사는 미간을 찌푸리며 어이가 없다는 듯 뒤로 돌았다.

멀어지는 등을 바라보면서, 재이는 어렴풋이 이 순간이 꿈이 아니라는 것을 알았다.

이어진 이틀간, 호라이즌 직원들이 재이에게 요구했던 것은 완벽한 암기와 완벽한 연기였다.

재이가 경찰들과 함께 모텔 앞에서 연행되듯 끌려간 순간부터, 마지막 기자 회견까지 모든 것은 철저하게 계획된 것이었다. 국선 변호인이라고 붙여 준 사람마저 사실은 호라이즌 사람이었고, 그의 밀착 마크와 섬세한 지시 덕분에 모든 것이 한 치의 오차도 없이 경찰과 기자들을 통해 의도대로 전달될 수 있었다.

이들의 목적은 단 하나였다.

라이프 랜드스케이프와 이 살인 사건의 연관성을 완벽하게 지울 것.

그러기 위해서는 사람들이 흥미를 갖고 좋아할 만한 뉴 페이스가 필요했으며, 그를 믿고 동정할 만한 시간이 필요했고, 마지막으로 정확한 사실처럼 느껴지는 진술이 필요했다.

처음 '메이드 복'을 받았을 때 재이는 대체 자신이 왜 사람들 앞에서 이따위 옷을 입어야 하는지 이해하지 못하고 반항했지만, 하나가 두툼한 현금 봉투를 보여 주자 곧 입을 다물었다.

재이뿐만 아니라, 보는 이들 모두가 이유를 궁금해하겠지만 애초에 이유 따윈 없었으니 영원히 알아낼 수 없을 것이다. 결국 무수한 추측들만 남을 것이다.

호라이즌 측에 중요한 것은 자극적인 이미지와 소문으로 사람들의 관심을 돌리는 일뿐이었고, 재이에게 중요한 것은 한 푼이라도 더 받는 것이었으니 원원이었다.

갑자기 런웨이에 서게 된 초보 모델처럼 재이가 자기 사이즈에 맞춘 '메이드 복'을 입고 화장실에서 나와 어색한 포즈로 모두의 앞에 섰다. 하나가 밝은 목소리로 "잘 어울리네요!"라고 말하는 것을 들으면서 리사는 잠시 그의 탄탄한 몸을 바라보았다가, 반사적으로 고개를 돌리고 말았다.

"소장님이 보시기엔 어떠세요?"
"……뭐, 나쁘지 않네요."

바보 같을 정도로 의도가 노골적인 옷이었으니, 그 의도가 잘 전달되는지를 확인하기만 하면 되는 일이었다. 태연한 척, 사무실에서 문서를 볼 때처럼 냉정한 마음으로 마주했지만 거리낌 없이 드러난 재이의 실루엣에 리사는 저도 모르게 얼굴이 붉어졌다. 리사의 동요를 느낀 듯, 재이가 조금 의아하다는 표정을 짓더니 이내 장난스러운 말투로 말했다.

"이 옷, 성공하겠는데요."

리사는 헛기침을 삼키며 애써 그 말을 못 들은 척했다.

모텔에서의 연습은 매우 엄격하게 흘러갔다. 대사뿐만 아니라 표정과 말투, 제스처까지 모든 것을 정확히 정해진

대로 해야 했기 때문이다.

기대 이상으로 재이의 연기력은 뛰어났다. 다만 긴 대사를 완벽히 암기하는 것이 쉽지 않았고, 그래서 자주 틀렸다.

"솔직히 말하면, 본 적 있어요. 숨겨져 있었으니 사장님은 몰랐을 거예요. 어떤…"

"몰랐을 거예요가 아니라, 모르셨을 거예요."

온 힘을 다해 집중하느라 가뜩이나 예민해져 있는 재이의 말을, 리사가 톡 끊어 먹으며 차가운 목소리로 쏘아붙였다.

덕분에, 재이는 꼭 태엽이 풀린 자동인형처럼 멍하니 입을 벌린 채 멈췄다. 잠시나마 머릿속에 여러 가지 생각이 스쳐 가는 듯했지만, 그래도 마음을 다잡은 듯 손에 들린 '대본'을 다시 꼭 쥐었다. 그러곤 입술에 잔뜩 힘을 주며 또박또박 소리를 내기 위해 안간힘을 썼다.

"모르셨을… 모르셨을… 사장님은… 몰르셨… 거예요."

"몰르셨을이 아니고, 모르셨을."

결국, 재이의 짧디짧은 인내심은 금방 바닥을 드러내 보였다.

"하아… 아니, 결국 그게 그 말 아니에요?"

리사가 지긋이 목소리를 깔며 반문했다.

"그 말이랑 그 말은 엄연히 다른데, 그게 대체 무슨 소립니까?"

이것 참, 같은 언어로 말하고 있는 게 맞긴 한 건가?
재이는 저도 모르게 혀를 찼다.

"아니, 그렇게까지 극존칭을 꼭 써야 되나요? 평소에 사장님한테 제가 그렇게까지 정중하지도 않았는데…"
"사람들이 더 신뢰할 만한 단어를 선택하는 것이 중요한 거고, 전문가들이 최종적으로 컨펌한 대본입니다. 그러니까…."
"아아 뭐, 네 의견 같은 건 알게 뭐냐?"

재이가 일부러 더 삐딱한 톤으로 반문했다.
죽은 사장님 앞에서 제법 불손했던 재이의 태도에 비할 바가 아닐 만큼, 자신에 대한 리사의 태도가 조금도 정중하진 않다는 것은 이미 알고 있었다.
아무래도 사람이 아니라 조금 똑똑한 앵무새 정도로 취

급 하는 것 같은데 말이지-.

지금은 잠시 같은 방에 있지만, 서로의 전혀 다른 처지를 누구보다 잘 아는 재이였기에 자꾸만 오기가 생겼다.

"그리구요, '솔직히 말하면'이라고 자꾸 말하는 게 오히려 신뢰 떨어지는 거 같지 않아요? 자 이제부터 거짓말합니다~ 뭐 예고하는 거예요? 하긴, 원래 정치인이나 기업가들이다 그러긴 하지. 역시 재벌가 따님이시라…"

"보통 사람들은 그렇게 생각 안 합니다. 훨씬 더 상식적으로 생각하죠."

"지금 제가 상식이 없다는 거네요?"

"그건 제가 관심 없고요. 연습 안 할 겁니까?"

재이와 리사가 이글거리는 눈빛으로 서로를 노려보았다.

결국, 숨이 막힐 것 같은 방 안의 분위기를 살피고 중재하는 것은 이번에도 유능한 비서 하나의 몫이었다.

"자, 잠시 쉬었다 할까요?"

그 말이 신호가 된 듯, 재이는 벌떡 자리에서 일어나 담배를 꺼내 물었다. 달칵, 달칵, 신경질적으로 소리를 내며 라이터에 불을 붙이더니, 후우- 하고 리사 쪽으로 대놓고 연기를 내뿜었다.

저것만 덜 피워도 뇌세포가 덜 죽을 텐데. 그런 생각을 하며, 리사는 방독면이라도 쓰고 싶은 심정이었지만 애써 꾹 참았다.

그리고 아무도 모르게, 수시로 휴대폰을 들여다보며 메신저를 확인했다. 아버지에게 여자를 찾았다고 메시지를 보낸 지 반나절이 지났는데도 아무런 답이 없었기 때문이다.

알아서 해결하라는 뜻일 것이다. 그 정도는 할 줄 알아야 회사를 물려받을 자격이 있지. 또 다른 자격시험이 펼쳐진 것이다. 평생에 걸쳐 반복되었던 일이다. 문제없지, 자신 있어… 그렇게 되뇌며, 리사는 새삼스럽게 담배를 뻐끔대는 재이의 얼굴을 바라보았다. 그러자 시선을 느낀 재이가 이쪽을 쳐다보더니 혀를 길게 내밀며 메롱 했다.

리사는 당황스러운 나머지 말문이 막혔다.

저 덜떨어진 여자의 손에 자신의 운명을 맡겨야 한다니, 기가 막힐 노릇이었다.

"근데 랜드스케이프 팔아서 얼마 받은 거예요?"

둘 사이에 다시금 스멀스멀 피어오르는 불화의 기운을 눈치챘는지, 자연스럽게 하나가 끼어들며 물었다. 재이가 습

관인 듯 자기 귀를 만지작거리면서 말했다.

"9020만 원이요."

"에? 랜드스케이프 정가가 8990만 원 아니에요?"

"그니까 그것보단 더 많이 받아야죠."

"어떻게 그래요?"

"그게 이 바닥에서 살아남는 비결이죠. 알고 싶어요?"

재이가 으스대며 말했다.

리사는 문득 그 말에 흥미를 느낀 자신을 발견했다가, 곧 수치심을 느꼈다. 평생 알고 싶지도 않고 알 필요도 없는 일이다. 그런 협잡 따위를 자랑하듯 늘어놓는 얼굴이 짜증나고 성가셨다. 끝날 때까지만 참자. 절대 닿을 일이 없는 이런 바닥에 잠시 와 있는 것은, 이게 내가 살아남는 비결임을 누구보다 잘 알기 때문이니까.

"근데, 그 기계는 누구 아이디어로 만든 거예요? 설마 리사 씨?"

재이가 생글생글 웃으며 리사를 쳐다보았다.

리사가 뭐라 대답하지 않고 지그시 눈을 맞추며 쏘아보는데, 재이가 한마디를 덧붙였다.

"왜 그랬어요? 혹시 엄마가 보고 싶어서……?"

잠시 방 안에 짙은 침묵과 함께 냉기가 돌았다.

재이가 발음한 그 두 글자가, 리사의 귀에 조금 이상하게 들렸다. 엄-마-. 엄, 마. 엄마. 갑자기 게슈탈트 붕괴라도 온 것처럼 그 흔하디흔한 단어가 어색했다.

리사의 반응이 미적지근하자, 재이는 성큼성큼 걸어가 낡은 화장대의 서랍을 열면서 말했다.

"아니 사실, 제가 그 게임기 진짜 팬이었거든요. 그래서 아직도 갖고 있어요. 어머님이 만든 거 맞죠? 내가 물건 하나는 정말 잘 버리는데, 이건 추억이 많아서 그런지 못 버리겠더라고."

의기양양하게 돌아선 재이의 손에, 손바닥보다 조금 큰 초록색 콘솔 게임기가 올려져 있었다. 리사는 눈을 가늘게 뜨며 그 물건을 바라보았다.

분명 기억에 없는 물건이었지만, 기시감이 들었다. 왜지? 꿈에서 봤나? 이 물건은 대체 뭐지? 생각을 거듭하자 갑작스러운 두통이 몰려와, 리사는 미간을 찌푸렸다.

그러자 하나가 즉시 일어나서 재이의 손에 들린 물건을 다시 화장대 서랍에 넣고 쾅 소리를 내며 닫았다. 그러곤 엄격한 표정으로 경고했다.

"사건과 상관없는 얘기는 삼가세요."

영문을 모르겠다는 듯, 억울한 얼굴을 하며 재이가 리사를 바라보았다. 자기편을 들어 달라는 듯한 제스처였다.

리사는 두통으로 욱신대는 이마를 문지르며 재이를 향해 천천히 말했다.

"근데… 그 집에서 가지고 나온 랜드스케이프… 정말 판 거 맞아요? 당신 말을 어떻게 믿지?"

그러자 재이가 어이가 없다는 듯 과장된 표정으로 입을 떡 벌렸다. 그러더니 발로 침대 옆 바닥에 놓여 있던 보스턴백을 툭 걷어찼다. 가방에 가득 들어 있던 현금 다발이 무너지며 조금 흘러내렸다.

"아니 뭐, 님들한테야 이 돈이 껌값이겠지만… 나한텐 아니거든. 아니, 대다수 사람한텐 아니라고요. 그걸 안 팔았으면 이만한 돈이 어디서 나게? 그 정도 상상력도 없어요?"

기분이 상했다는 티를 팍팍 내며, 머리를 좀 쓰라는 듯 재이가 자신의 관자놀이를 툭툭 쳤다. 그러더니 일어나며 돈이 든 보스턴백의 손잡이를 잡았다.

"난 뭐, 이것만 가져도 아쉬울 거 하나 없거든요."

그러자 하나 역시 자리에서 일어나며 재이를 막아섰다. 리사가 코웃음을 치며 말했다.

"너무나도 아쉬우니까 여기 있는 거, 우리 다 알고 있거든요."

서로의 눈을 말없이 노려보는 재이와 리사 사이의 긴장감이 고조되었다. 다시 하나가 끼어들었다.

"저 소장님, 어제 직원들이 근처 CCTV로 당일 전자 상가에 다녀온 것 확인했다고 합니다. 물건도, 가방도 맞았고요. 그러니……."

그러자 리사가 눈을 한번 깊이 깜빡이더니, 혀를 차며 알았다는 듯 고개를 끄덕였다.

재이는 그 모습을 보면서 스읍 하고 담배를 한 모금 빨더니 천천히 연기를 내뿜었다. 그러곤 혼잣말인 척하며, 모두가

들을 수 있도록 중얼거렸다.

"하, 거 공주님 성깔 참……."

법무 팀 직원 둘이 작게 쿱 하고 웃음을 참는 소리가 들렸다.
그러자 그들의 얼굴을 쏘아보듯 돌아보았던 리사도 곧같이 웃었다. 의외라는 듯 재이가 쳐다보자, 리사가 말했다.

"마음껏 허세 부려요."

재이는 대답 대신 리사의 얼굴에 시선을 고정한 채로 담배를 쭈욱 빨았다.

"잠깐이나마 그 작은 세 치 혀로 나한테 모욕을 줄 수 있다는 사실이 뿌듯할 수도 있죠. 하지만 나는 언제든 당신 인생 전체를 박살 낼 수도 있어요. 그걸 모를 만큼 바보는 아닐 거잖아요?"

재이가 피식 웃으며 후우 하고 천천히 연기를 내뱉었다.

"당신, 재수 없어."

리사가 여전히 싸늘한 눈빛으로 입꼬리 한쪽을 말아 올리며 말했다.

"나도 알아요."

며칠만, 며칠만 더 견디는 거다.

"저 비서님. 빨리빨리 하고 끝내죠."

지금은… 저 여자가 필요하니까.
고개를 돌려 시선을 피하고 각자 마음속으로 혼잣말을 되뇌던 두 사람은, 자신들의 생각이 모처럼 일치한 순간이 왔다는 사실을 알지 못했다.

*
그리고 그 후의 일들은, 모두 예상대로- 아니 예상보다 더 좋은 방향으로 흘러갔다.
검색어 분석에서도 라이프 랜드스케이프 연관 항목에 살인 사건은 다 빠졌고, 판매는 더 가파르게 상승해 곧 1차 한정판 매진을 앞두고 있었다. 애초에 걱정도 하지 않았었지만, 멍청한 시민 단체의 고발도 의례적인 조사만 거친 뒤 내

사 종결로 처리되었다. 리사는 항의 집회를 예고한 그들의 글을 보면서 하나를 시켜 미리 수집한 그자들의 메신저 대화 내역을 검토했다. 정말이지 순진하기 짝이 없는 사람들이다. 우리를 비판하면서 우리가 개발한 메신저를 이용하다니. 몇 가지 내용이 리사의 눈에 띄었다. 이 중에 뭘 가지고 트집을 잡아 볼까… 콧노래가 나올 지경이었다. 경쟁사의 약점 몇 개를 찔러 주면서 직접 대화하면, 모든 것이 원만하게 해결될 터였다.

마지막으로 남은 것이 재이였다.

그가 굳이 직접 찾아오겠다고 했을 때 리사가 말리지 않았던 것은, 이제 더는 참지 않아도 됐기 때문이다. 더는 그가 어렵거나 껄끄럽지 않았기 때문이다. 그 이상한 여자의 역할은 끝났고, 이제 운명은 다시 자신의 손으로 무사히 돌아왔으니까.

"그거 말고."

재이가 거만하게 말했을 때, 리사는 어깨를 으쓱하며 모르는 척하는 얼굴을 했다.

그렇게 한참 시간을 끌자, 드디어 재이의 얼굴에 살짝 당황의 빛이 스치기 시작했다. 리사는 그제야 웃었다. 그러곤 테이블 아래에 숨겨 두었던 봉투를 그에게 내밀었다.

재이가 당했다는 듯 쓴웃음을 지으며 얼른 낚아챘다. 바로 열어서 꼼꼼하게 액수를 확인하는 것도 잊지 않았다. 그가 이 바닥에서 살아남는 잔재주 중 하나겠지.

그 모습을 보며 리사가 말했다.

"입금해 줘도 됐을 텐데."
"보고 싶었거든."

리사가 그 말을 머릿속에 입력하는데 잠시 시간이 걸리는 동안, 재이가 의식적으로 눈을 굴리면서 주위를 슥 둘러보았다.

아, 소장실이 보고 싶었다는 건가. 그럴 수 있지. 평생 근처에도 와 보지 못했을 테니까. 리사는 너그러운 마음으로 재이가 자신의 공간을 둘러보는 것을 허락했다.

"근데 말이 짧아졌다?"
"네가 먼저 그랬잖아."

뭐, 그건 인정할 수밖에 없다. 액수도 확인하고, 소장실 견학도 마친 재이가 슥 자기 주머니에 두툼한 봉투를 찔러 넣었다.

"뭐, 일이 잘 끝나서 다행이고… 너랑 만나서 좋았다."

재이가 말했다.
또다시, 리사가 반응하는 데 시간이 걸렸다.

"……이럴 때 보통 사람들은 나도… 라고 말하나?"

잔뜩 굳은 얼굴로 말하는 리사의 표정을 보며 재이가 피식 웃었다. 그래, 노력이라도 하는 게 어디냐.

"나 말야, 어렸을 때 미국에서 찍힌 네 파파라치 사진 첨으로 보고서… 내가 너였다면, 그런 인생은 어땠을까 하고 가끔 상상해 봤거든…"
"…근데?"
"막상 가까이서 보니 생각보다… 마냥 부러워할 건 아니구나… 싶은?"

전혀 예상하지 못했던 말이라, 리사는 무슨 대답을 하는 것이 좋을지 감조차 잡을 수 없었다. 잠시 방 안에 침묵이 흘렀고, 리사는 결국 이렇게 말했다.

"…이제 어디로 갈 거야?"

"왜, 궁금해?"

재이가 눈을 맞추며 물었다.

리사는 눈을 피하지 않고, 재이의 검은 눈동자를 바라보면서 그의 질문을 곱씹어 보았다.

궁금, 하다는 건 뭐였지? 평생 다른 사람에 대해 궁금한 적이 있었던가? 언제나 시험에 들게 했던 그 한 사람을 제외하고, 누군가를 이렇게 잠시라도, 시간을 들여서, 제대로 바라본 적이 단 한 번이라도 있었나?

대답하지 않는 리사의 얼굴을 보며 재이가 피식 웃었다.

그리고 자신이 대신 대답하듯이 말했다.

"또 다른 일을 찾아가야지."

리사는 무의식중에 고개를 끄덕였다. 그리고 다음 말을 고르려는데, 재이가 먼저 말했다.

"언젠가 또 보자고요, 공주님."

그리고 소장실의 방문이 닫혔다.

탁 하고 문이 닫히는 소리의 여운은 곧 사라졌지만, 리사의 마음속에는 아직 고르던 말이 남았다. 누군가 눈앞에서 먼저 돌아서는 일, 하지 못한 말이 남아 있는 기분은 리사에게 익숙지 않은 것이었고, 어쩐지 속이 울렁거렸다. 하지만 이 기분이 얼마 가지 않을 걸 알았다. 재이가 말한 그 언젠가가 다시는 오지 않으리라는 것도.

리사는 천천히 자신의 자리로 돌아갔다. 그리고 조용히 키보드 옆에 휴대폰을 올려 두고 메일함을 열어 순서대로 처리하기 시작했다. 이제야 다시 일상으로 돌아온 느낌이었다. 단 하나의 목표를 향해 차근차근 나아가는, 완벽하게 정리되고 계획된- 모든 것을 통제하고 있다는 실감을 주는 일상으로.

＊

호라이즌 연구소에서 빠져나온 재이는, 모자를 깊게 눌러쓰고 자신이 잘 아는 골목길을 종으로 횡으로 가로질렀다. 과한 노파심이라는 것을 알면서도 조심하게 됐다. 본의 아니게 너무 많은 사람 앞에서 얼굴을 팔았기 때문이다. 하지만 그럴 만한 가치가 있었다. 손가락 끝으로 만져지는 두둑한 봉투에 마음이 든든해지는 한편, 이 골목을 배회하는 사람들의 반사회적인 실루엣을 볼 때마다 불안하기도 했다. 그래서 재이는 딱 덜 수상해 보일 정도의 속도로 종종걸음을 쳤다.

조금만 더 가면 버스 정류장이 있고, 거기서 광역 버스를 탈 것이다. 그렇게 일단 이 거리를 벗어나는 거다.

두 시간 뒤.

조금 촌스럽고 한적한 바닷가 근처 관광지, 러브호텔이 밀집해 있는 지역을 걷던 재이는 불현듯 슥 모습을 감추고 사라졌다.

이내 낡은 엘리베이터에서 내려, 낡아빠진 노란 벽지가 도배된 복도를 지난 뒤- 방 번호를 확인하고 카드 키를 댔다. 드르륵, 자물쇠가 열리는 소리에 문을 열고 들어가니 푸른 색조의 트윈 룸이 펼쳐졌다.

침대에 양반 다리를 하고 허리를 구부정하게 숙이고 앉아 있던 반삭발 머리의 여자가 고개를 들지도 않고 말했다.

"왔냐."

시안이었다.

재이는 빙긋 웃으며 시안의 옆에 걸터앉았다. 그가 펼쳐놓은 노트북 화면에는 재이가 모르는 숫자와 알파벳이 춤을 추며 빠르게 올라가고 있었다. 시안의 긴 손가락이 키보드를 힘 있게 두드리는 소리도 상당히 빠른 속도를 일정하게 유지하고 있다. 이럴 때는 말을 걸지 않는 것이 좋다는 것을 재이는 경험으로 알았다.

재이는 피곤한 듯 기지개를 켜며 일어나 반대쪽 침대로 가서 누웠다.

시안의 노트북 뒤쪽에 연결되어 있던 흰색 기기가 그제 야 눈에 들어왔다.

성북동의 저택에서 사라진, 바로 그 라이프 랜드스케이 프였다.

주머니에서 봉투를 꺼내 침대맡의 가방 깊숙이 넣으면 서, 재이는 문득 리사의 얼굴을 생각했다. 그 아름답고 거만 하고, 사실은 아무것도 모르는 순진한 얼굴을. 역시나 부자 들은 귀엽다니까.

시안이 하고 싶은 만큼 일하는 동안 잠시 낮잠이라도 잘 생각으로, 재이는 눈을 감았다.

하지만 쉽게 잠들 수는 없었다. 오랜만에 큰돈을 만졌 기 때문인지, 모두를 속인 짜릿함 때문인지— 커피를 여러 잔 들이부었을 때처럼 이상할 정도로 심장이 자꾸 두근거렸 기 때문이다. 아무래도 잠이 들기까지 조금 시간이 걸릴 것 같았다. 서두를 건 없지. 재이는 의식적으로 길게 한 번 숨을 내리 쉬었다.

*

다시, 재이가 모텔에서 리사의 습격을 받기 며칠 전. 그러니까 문제의 살인 사건이 일어난 당일.

급하게 짐을 들고 방에서 뛰어나오던 재이는 홀린 듯 사장님 방에 들어가서 라이프 랜드스케이프와 부속 기기와 플라스틱 케이스까지 자신의 검은 가방 속에 쓸어 담았다.

그리고 비상시를 대비해 미리 조사해 두었던 대로 CCTV가 없는 쪽문으로 나간 뒤, 공유 자전거를 타고 서울 시내의 오피스 거리에 도착해서 뒷골목으로 갔다. 길 뒤편에 비슷비슷하게 생긴 모텔들이 밀집한 지역을 헤매다, 적당한 곳을 찾아 들어갔다.

폼으로 달려 있는 게 확실한 엘리베이터와 복도의 CCTV를 지나 처음 보는 낯설고 낡은 방에 들어서자마자 재이는 이상하게도 비로소 집에 돌아온 기분이 들었다. 후우 안도의 한숨을 내쉬며 침대에 걸터앉았다.

가방을 열었더니, 흰색 라이프 랜드스케이프 본체에 튄 핏방울이 제일 먼저 눈에 들어왔다. 재이는 놀라지도 않고 테이블 위 뻣뻣한 크리넥스로 깨끗하게 닦은 다음 그 쓰레기를 변기에 내려 버렸다.

재이가 그 아비규환 속에서도 이 기기를 챙겨 나온 것은, 물론 경찰과 리사 일행 앞에서 말했던 대로 값나가는 물건이라는 사실을 잘 알고 있었기 때문이기도 하다.

갑작스럽게 펼쳐진 피바다 앞에서는 정말로 경황이 없었지만, 자기 방에서 미리 싸 놓은 가방을 손에 쥘 때쯤엔 그러고 보니 당장 월급을 받지 못하게 됐다는 생각이 든 것도 사실이었다.

하지만 그 무엇보다도 중요했던 것은 사모님이 최근 며칠간 이 작은 기계를 통해 대체 무엇을 보았는가 하는 질문이었다. 그게 너무, 너무, 너무나 알고 싶었다. 말하자면 못 말리는 호기심과 충동적인 기질의 화학 작용이었다. 사건 현장의 물건을 만진다는 것이 너무나도 큰 위험을 감수하는 일임을 잘 알면서도, 어쩔 수가 없었다.

평생 금욕적인 자세로 몸과 미모를 가꾸며 조용히 살아오던 여자가 어느 날 갑자기 아침 7시에 중식도로 10여 년을 견디고 살아온 남편의 몸을 썰어 버린다? 도저히 말이 안 되는 이 비일상의 원인은 오직 그것 하나뿐이었다.

당연하게도, 재이는 바보가 아니었다. 오히려 그 반대였다. 그러니 모를 수가 없지 않은가?

하지만 사람들은 재이가 바보인 줄 알았다. 그러니까 입주 가사 도우미나 하는 저학력의 20대 여성은 언제나 바보인 줄 안다는 뜻이었다. 덕분에 속이려는 노력조차 필요 없었다. 그게 재이의 삶을 얼마나 편하게 만들어 주는지 모른다. 그러니 지금 이 일은 어떻게든 수습될 테고, 그런 걱정은 자신이 곧 알게 될 사실에 비하면 너무나 하찮은 것이었다. 재이는 기대감으로 살짝 몸을 떨면서 본체의 전원을 켰고, 황급히 고글과 장갑을 착용했다.

이전에 보았던 C라는 프로필 옆에 N이라는 새로운 프로필이 만들어져 있었다. 재이는 그 아이콘을 살짝 쥐었다. 다시 한번 눈 내린 산속의 따스한 오두막이 펼쳐졌다. 한번 해봤다고, 어느새 VR에는 제법 익숙해졌다.

이내 사모님이 재생한 기억 리스트가 섬네일 아이콘으로 떠올랐다.

이젠 현실적으로 사장님, 사모님 누구에게도 들킬 리가 없는 상황이었기에 이전처럼 최근 재생 목록을 밑에서부터 하나씩 확인할 필요는 없었다. 하지만 재이는 지금 지구상에서 유일하게 이 상황의 진실을 파헤쳐 가는 것이 자신뿐이라는 확신과 일종의 사명감을 갖고 있었다. 그러므로 형사가 된 것처럼 아주 섬세하게 계획을 세워서 이 기기에 접근하고 싶었다.

그러기 위해, 재이는 내가 사모님이라면 어땠을까 가정해 보기로 했다.

그 심리의 흔적을 조금이라도 비슷하게 쫓아가기 위해서는 사모님이 본 것과 똑같은 순서로 이 기억들을 열람하는 것이 좋겠다는 생각이 들었다. 너무 길게는 위험하겠지만, 여덟 시간 정도는 여기에 온전히 집중할 예정이었다.

하지만 리스트를 보니 의외로 오래 걸릴 것 같지는 않았다. 나흘 밤낮을 방에 처박혀 있었던 것에 비하면 사모님이 재생한 영상의 개수가 그리 많지 않았기 때문이다.

재이는 맨 밑의 영상을 눌렀다.

맨 처음으로 나온 것은, 뜻밖에 어린이의 방이었다.

스누피, 피글렛, 스폰지밥과 리락쿠마… 아주 오래된 옛날 캐릭터들의 봉제 인형이 주르륵 침대 위에 놓여 있었고, 검은색, 흰색이 교차되는 스트라이프 무늬 사이로 장미꽃 문양이 들어가 있는 침대 시트는 묘하게 촌스러우면서도 나름 우아했다.

코밑에서 달콤한 침 냄새가 났다. 배가 고프다는 생각이 강렬하게 들었고, 이내 소리를 지르자 늘씬하고 젊은, 어깨까지 오는 머리카락에 컬을 넣은 여성이 다가오더니 들어서 안아 주었다. 그 순간 모든 걱정이 사르르 녹으며 마음이 편안해졌고, 그대로 잠에 빠져 버릴 것처럼 졸렸다. 재이는 눈을 한번 질끈 감았다 뜨며 정신을 바짝 차렸다.

낯설지만 포근한 여자의 품에 안겨 방을 둘러보며, 풍경은 전혀 달랐지만, 재이는 자신에게도 이런 시절이 있었다는 것을 떠올렸다.

이렇게 아무 걱정 없이, 오로지 본능에만 충실하며 양육자에게 모든 것을 의지하면서 보냈던 날들이 앞으로의 인생에 또 있을까. 그런 생각을 하자 오래전에 죽은 엄마가 사무치게 그리워졌다. 아마 사모님도 그랬던 모양이다.

하지만 재이는 이 아기와 여자가 미처 알지 못하는 결말을 알고 있다. 이렇게 작았던 아기는 몇십 년이 지나 말수가 없고 표정이 드문 어른이 되어, 어느 날 아침 문득 피범벅이 된 몸으로 홀연히 사라지고 마는 것이다. 그걸 떠올리자 이상한 기분이 들어, 재이는 빠르게 손을 움직여 다음 목록으로 넘어갔다.

한참은 관계없는 것들을 볼 것이라는 각오가 되어 있었는데, 뜻밖에 바로 다음 순간 눈앞에 등장한 것은 무려 젊은 사장님의 얼굴이었다.

그것도, 재즈 콰르텟의 연주와 싱싱한 리시안셔스가 피어 있는 테이블에 마주 보고 앉아 식사하던, 두 사람의 첫 만남이었던 바로 그날.

예상보다 사랑스러운 분위기에, 사장님의 농담도 잘 먹히던. 아마 두 사람의 기억에 몇 안 되는 좋은 날일 것이었다. 다 아는 내용이라고 생각하며 재이가 긴장을 풀려는데, 이상하게 이전과는 다른 위화감을 느꼈다. 재이는 다시 눈을 고쳐 뜨고, 펼쳐지는 상황에 집중했다.

"불쾌하게는 생각 안 하셨으면 좋겠네요. 제가 특별히 부탁을 좀 드렸어요. 김 사장님하고는 오래전부터 잘 알던 사이라."

사장님이 말한다. 사모님은 어색한 듯 테이블 위의 손을 어디에 둘지 모르는 모양새다. 재이의 마음속 깊은 곳에서 불편한 감정이 솟아난다.

"예… 근데 저는, 사장님 통해 말씀드렸는데 만나는 사람이 있어서요."

"예예, 말씀 다 들었어요. 걱정하지 마세요. 부담 갖지도 마시고요. 그냥 너무 인상이 좋으셔서, 그냥 사람 대 사람으로… 한번 이렇게 식사하고 싶었을 뿐입니다."

"아… 네…."

사모님의 목소리가 살짝 떨린다.

그때 고급 양복을 차려입은 매니저급의 남자 직원이 다가와 테이블 위에 대뜸 와인 병을 올려놓는다. 사모님의 당혹감이 재이에게도 느껴진다.

"어, 저는 술을 잘 못해요."

그러곤 반사적으로 사장님의 얼굴로 시선이 간다. 대답 없이 살짝 웃고 있는 얼굴이, 도무지 속을 알 수 없어 보인다. 그러자 양복을 입은 직원이 죄송하다는 듯 자세를 낮추며 말했다.

"아, 이건 이사님께서 워낙 단골이셔서… 저희가 드리는 선물인데요. 괜찮으실까요?"

"아이고, 안 그러셔도 되는데… 그럼 성의를 봐서, 그냥 한 잔씩만 할까요?"

맞은편의 사장님이 너스레를 떨며 말했고, 매니저도 '죄송스럽다'와 '감사하다'의 사이 어디쯤 되는 얼굴로 사람 좋게 웃고 있다. 여기서 까다롭게 굴면 모두를 곤란하게 하는 것이 된다. 어쩌면 내일 회사에서 얼굴을 봐야 하는 김 사장님에게도. 그 혼란이 고스란히 느껴지더니, 끝내 사모님이 고개를 끄덕인다.

어느새 사장님과 사모님은 술잔을 함께 기울인다.

달콤한 맛과 향기가 입안에서 퍼지고 살짝 침이 고인다. 사모님은 "이 와인은 조금 단 편이라서 여성분들이 드시기 편하실 거예요."라고 매니저가 덧붙이고 간 말을 새삼스레 떠올린다.

코스로 이어지는 프랑스 요리는 더할 나위 없이 훌륭하지만 역시나 불편한 마음이 사라지지는 않는다.

"이야, 이렇게 아름다운 분과 마주 앉아 있으니깐 오랜만에 가슴이 다 떨리네요. 이 나이가 되어도 남자는 남자거든. 하하하."

사장님의 말에 사모님은 애써 웃는 낯을 만들며 손으로 입을 가린다. 하지만 조금도 웃고 있지 않다. 그저 굳이 반박하지 않고 참을 뿐이다. 얼굴이 붉어지는 것이 불편함 때문인지 취기 때문인지 헷갈리기 시작한다. 손바닥을 펴서 달아오른 볼에 대면서 자리에서 일어난다.

"저, 화장실 좀 다녀오겠습니다."

그렇게 잠시 자리를 피해, 쾌적하고 좋은 향기가 나는 화장실로 숨어 든다.

커다란 거울에 얼굴을 비춰 보면서 곧 디저트가 나올 차례이니 슬슬 일어나야겠다고 생각한다. 거울 속 얼굴이 유독 피곤하고 푸석해 보인다. 하지만 화장을 고칠 기운은 나지 않는다. 이 정도면 예의는 갖췄다고 생각하면서 몸을 돌린다. 의식하지 못하고 있었는데, 딱딱한 구두 뒤축에 뒤꿈치가 까졌는지 얕지만 분명한 고통이 느껴진다.

자리로 돌아와 앉는다.

예상했던 대로 디저트가 나와 있다. 그사이에 채워 두었는지 와인잔도 찰랑인다. 좀 곤란한데. 그러자 맞은편 사장님이 눈치 빠르게 말한다.

"아이고, 정말 술을 잘 못 드시나 봐요. 무리하지 마시고,

이거 드세요. 제가 물 좀 더 달라고 했어요."

건네지는 투명한 유리잔을 받아 들고, 예의상 천천히 한 모금 마신다.

생각보다 시원하다는 생각에 한 모금 더. 이제 드디어 이 자리의 끝이 보인다. 그 생각에 긴장이 조금 풀어졌다.

곧, 기억이 끝났다.

다음 내용으로 넘어가 자동 재생 되려는 걸, 재이가 잠시 멈추었다. 생각할 시간이 필요했다.

의상도 공간도 같은 날, 같은 기억인 것 같은데 이전에 보았던 사장님의 기억과는 꽤나 뉘앙스가 달랐던 것이다. 어떻게?

제일 먼저 떠오르는 가능성은, 각자의 기억이 다르다는 것이었다.

그러고 보니 이 기기를 통해 볼 수 있는 것이 무슨 CCTV 카메라 영상은 아니었다는 사실을 잊고 있었다. 기억이란 것은 원래 주관적이니까. 게다가 십수 년 전의 일 아닌가.

이전에 사장님의 기억에서 받았던 인상은 어색해도 풋풋한 설렘이었는데, 오늘 사모님의 기억에서 느껴지는 것은 무엇보다 불편함이었다. 원치 않는 관심에 대한 불편함. 너무나 익숙하게 잘 아는 감정.

이 두 가지 다른 기억이, 실마리의 시작이라는 것을 재이는 분명하게 느꼈다.

서둘러 다음 기억을 재생했다. 그런데 온 사방이 깜깜해서 아무것도 보이지 않는다.

당황하자마자, 곧 전신에 공포감이 끼쳐 왔다. 마치 가위에 눌렸을 때처럼 손발이 묶인 듯한, 까마득한 갑갑함에 짓눌린다. 물론 현실의 재이는 손을 움직일 수도 있었고 원한다면 기억을 뒤로 돌릴 수도 있었지만, 재이가 그 사실을 깨달은 것은 한참 뒤의 일이었다. 그 기억 속 사모님의 감정에 압도되어 현실을 완전히 망각해 버렸기 때문이다.

이내 겨우 눈을 뜨듯 희미하게 무언가가 보이고, 재이의 심장이 철렁 내려앉는다.

속옷만 입은 사장님이 사모님의 몸에 입을 맞추고 있는 모습이 가까이 있었기 때문이다.

아주 조금씩, 시야가 밝아지기 시작하고, 곧 사모님이 침대 위에 누워 있다는 것을 알 수 있다. 놀라운 것은 손 하나도 까딱할 수 없는 철저한 무력감이다.

그리고 사장님은 축 늘어져 아무런 반응도 할 수 없는 사모님의 몸 위에서 갖가지 짓을 하는 중이다.

겨우 눈만 떴을 뿐, 말조차 할 수 없는 상태에서 성인 남자인 사장님을 저지하는 것은 당연히 불가능하다. 이건 절대로 자연스러운 감각이 아니다. 약이든 뭐든 쓴 게 분명해. 절대 모를 수가 없는 감각이다. 혐오스럽다는 생각, 절망스러운 기분, 수치심, 혼란, 분노와 좌절이 뒤섞여서 폭풍우처럼 소용돌이친다.

대체 언제, 왜, 이렇게 된 거지?

차분히 생각을 하기 시작하면서, 재이는 가까스로 그 순간의 몰입으로부터 벗어났다.

그러자 비로소 손을 움직일 수 있었다. 숨을 헐떡이며 최첨단 VR용 장갑을 긴 손을 열심히 휘저어, 재이는 끔찍한 기억을 빨리 감기로 넘겼다.

일방적인 강제 성교가 끝난 뒤, 사장님이 바닥에서 사모님의 옷을 주워 침대 위에 아무렇게나 올리고, 자신의 옷을 걸쳐 입는 모습이 보인다. 잠시 재생을 멈추고 자세히 살펴보았더니, 아무래도… 정황상, 좀 전에 보았던 그 식사 자리 직후인 것처럼 보였다…!

대체 어디에 약이 있었지? 와인? 그 뺀질뺀질한 양복을 입은 매니저와 짠 건가? 하지만 눈앞에서 새 와인병을 따 줬는데…….

곰곰이 생각하다가 재이는 문득 깨닫는다.

설마, 화장실 다녀온 다음에 건네주었던 그 물잔 안에……?

놀라움에 잠시 멍해진다.

어떻게 두 사람의 기억이 이렇게 다를 수가 있을까? 자신이 엿보았다고 생각했던 그 에로틱하고 상호 협조적이던 섹스는 대체 뭐였단 말인가? 사실은 처음부터 이렇게 시작된 관계였던 건가?

물론 사장님의 기억이 왜곡되었듯이 사모님의 기억이 왜곡되었을 가능성도 있었다.

하지만 대체 무엇 때문에?

사장님의 경우와 비교해 보았을 때 사모님의 왜곡은 그 동기가 부족하게 느껴졌다. 게다가 잠시나마 그 기억을 체험하는 동안 전해졌던 감각도 지나치게 생생했고, 매우 구체적이었다.

너무 차이가 나는 두 가지 버전의 기억을 두고서, 굳이 아주 기계적으로 말한다면 진실은 그 둘의 중간 어딘가에 있다고 말할 수 있을 것이다.

하지만 솔직히, 그렇게 생각되지는 않았다. 이런 건 직감적으로 알 수 있는 일이다. 어떤 기억은 다른 기억들보다 더 질척하게 뇌리에 달라붙어서 절대 잊히지 않고, 수시로 튀어나와 다시 일어서려는 사람을 주저앉히고, 또 주저앉히면서 오랫동안 괴롭히곤 한다는 것을 재이는 잘 안다. 사모님의 기억에선, 정확히 그 지독한 끈적거림이 느껴졌다.

그렇다면 사장님의 배를 쑤셔서 죽이고 싶었던 마음도 좀 알겠는데…….

기억 속에 선명히 남아 있는 끔찍했던 사건 현장의 모습이, 조금 다른 느낌으로 다시금 마음속에 떠올랐다. 재이는 저도 모르게 침을 한번 꼴깍 삼켰다. 대체 어떤 기억들이 더 나올지, 조금 두려운 마음이 들었지만- 망설임 없이 다음 기억과 그다음, 다음 기억을 재생했다.

첫 만남에서 그렇게 완벽히 사장님에게 '포획'된 사모님은 그의 권력과 재력을 이용한 총공세에 가로막혀 도저히 빠져나갈 수가 없다. 점차 자신을 탓하기 시작하고, 자포자기하고, 몇 번이나 헤어지려는 시도는 끈질긴 가스라이팅으로 무마된다. 급기야 임신했다는 사실을 알게 된다. 바윗돌 같은 절망이 파문을 일으키며 마음속에 쿵 떨어진다.

해맑게 박수치는 모두의 축복 속에서, 결혼식장에 장식된, 죽어 가기 시작한 하얀색 꽃들처럼 새파랗게 질린 얼굴로 식을 올린다.

아이가 태어나고, 얼마 지나지 않아 폭언, 폭력이 시작된다.

처음엔 문을 쾅 닫거나 의자를 발로 차던 것이 점점 더 구체적으로 사모님을 향한다.

술에 취해 돌아온 사장님의 옷에서 외도의 흔적이 뚜렷하게 보이지만 사모님은 아무 말 하지 않는다. 왜 아무 말도 하지 않느냐며 사모님의 멱살을 잡아, 얇은 블라우스가 찢어진다. 사모님의 몸은 종이 인형처럼 그가 쥐고 흔드는 대로 흔들리고 내던져진다.

사모님은 점점 모든 것에 무감각해지고, 무기력해지고, 깊은 우울 속에서 자신에게 벌어지는 모든 일을, 그저 멀리서 관망하듯 바라본다.

오히려 이제 와서 이 일을 대리 체험하는 재이의 감정이 더 요란하게 날뛰었다.

너무 괴로웠지만 그대로 끄지는 못하고, 결국 10초, 20초, 30초… 기억을 빠르게 스킵, 스킵하면서 뒤로 넘기기 시작했다. 한참 빨리 감기하듯, 수없이 많은 일들이 재이의 눈앞에서 지나간다. 또 지나간다.

그런데 별안간, 치지지지직— 하고 공간이 찢어지는 듯한 소음이 들린다. 놀란 재이가 스킵을 멈춘다. 눈앞에 펼쳐진 공간의 픽셀이 듬성듬성 깨져 있고, 일부는 폴리곤으로 대체되어 있기도 하다.

배경은 재이에게도 익숙한 부부의 대저택. 멋진 베네치아산 가죽 소파가 구입한 지 얼마 안 된 듯 유독 빤질빤질했다.

집인데도 어쩐 일인지 셔츠를 갖춰 입고 있는 사장님이

맞은편에 조금 상기된 얼굴로 서 있는데- 이내 지지직 소리와 함께 사모님이 팔을 뻗어 사장님의 머리채를 휘어잡고 흔들다가 확 바닥에 내려찍는다. 사장님은 힘없이 바닥에 쓰러진다.

이건 또 무슨 상황인가? 재이는 집중한다.

사모님이 발을 들어 사장님의 몸을 밟고, 머리를 차기 시작한다. 그런데 한 가지 이상한 것은 사장님의 전신이 마치 고무 인형처럼 탄력 있게 바닥에서 튕긴다는 것이다.

이내 분이 풀리지 않는 사모님이 부엌으로 들어가 식칼을 들고, 쓰러진 사장님의 몸을 향해 내리찍은 뒤 힘 있게 옆으로 긋는다. 찢어진 사장님의 몸에서 흰색의 고무 점액질 같은 것이 쏟아져 나온다.

숨이 가쁜 듯 사모님의 몸이 흔들리고, 재이 역시 덩달아 숨이 가빠 온다.

그러더니, 갑자기 사장님의 고무 몸이 합체되듯 형체를 갖추고, 다시 원래 자리에 선다. 그러자 이번엔 사모님이 마주 선 사장님의 가슴팍에 칼을 찌른다. 흰색의 고무 점액질이 앞으로 촤르륵 쏟아져 내린다.

혼란스러웠다. 기억이 왜곡되는 것까지는 이해했지만, 이건 완전히 다른 차원의 문제였다.

자신이 뭔가를 놓친 것 같다는 생각에 재이는 급하게 스킵했던 기억을 다시 뒤로, 10초, 20초, 30초… 차분히 돌려서 더듬어 보았다.

그리고 잠시 그대로 멈추었다.

자신이 뭘 잘못 본건 아닌지 한 번 더 돌려서, 다시 확인했다.

이내 재이는 고글과 장갑을 벗었다.

낯선 모텔 방의 풍경을 현실로 받아들이는 데는 시간이 좀 걸렸다.

담배를 꺼내 물고 불을 붙이면서, 재이는 살짝 떨리는 손가락을 움직여 어딘가에 전화를 걸었다.

*

재이가 호라이즌 연구소에 다녀갔던 그날, 리사가 키보드 옆에 올려 두었던 휴대폰은 끝내 울리지 않았다. 조금 이상하긴 했지만, 업무가 바빠서 그 일을 생각할 겨를은 없었다.

그리고 자신의 펜트하우스로 돌아왔을 때, 리사는 거실에서 뜻밖의 실루엣을 발견했다.

아버지, 호라이즌의 대표, 영원히 자신을 긴장하게 만드는 유일한 존재인 노아였다. 리사가 심혈을 기울여 골랐지만,

생각보다 별로 앉을 시간이 없는 고급 양가죽 소파에 노아
가 허리를 꼿꼿하게 세우고 앉아 있었다.

리사는 말없이 그 앞으로 다가가서 무릎을 꿇고 앉았다.
울 슈트의 무릎이 조금 구겨지겠지만, 자국이 남을지도 모르
지만, 기꺼이 그렇게 해야만 하는 순간이었다.

노아가 고개는 조금도 움직이지 않은 채로 눈을 깔며 리
사를 내려다보았다.

"그 계집애가 라이프 랜드스케이프를 팔았다는 게 사실
이야?"

"…예."

"어디에 팔았다고 했어?"

"기자 회견에서 말한 그대로입니다. 전자 상가에…"

"확인해 봤어?"

"비서가 당일 CCTV 정황 확인했고요, 그 여자가 갖고
있던 돈도 확인했습니다. 전자 상가는 매일 가게 위치랑 사람
이 바뀌는 거 아시잖아요. 9020만 원을 받고 팔았다고 했습
니다. 그게 아니면 그런 여자가 어떻게 그런 큰돈을 갖고 있
었겠어요?"

"확인해 봤어?"

"……그 사람 말을 의심할 이유가 없었습니다. 시간도 부
족했고요. 결국 처음 계획한 대로 모두 잘 끝났……"

리사의 말이 다 끝나기도 전에, 두껍고 단단한 노아의 손이 리사의 뺨을 거침없이 내려쳤다. 하마터면 그대로 마루에 쓰러질 뻔했지만, 가까스로 버텼다.

리사의 귀에 삐 하고 짧게 이명이 들렸다. 잠시 그대로 고개를 떨구고 가만히 있었다.

그 소리가 지나가길 기다리면서, 리사는 대체 뭐가 어떻게 돌아가고 있는 건지는 모르겠지만 어쨌거나 자신이 속았다는 것을 깨달았다. 그 멍청해 보이는 여자에게, 깜빡 속아 넘어가 버린 것이다.

노아가 아날로그시계를 달그락거리며 뻐근하다는 듯 손목을 이리저리 돌렸다.

"멍청하게 이게 뭐 하는 짓이야?"
"……"

노아가 또박또박 한 글자씩 씹어 뱉듯이 말했다.

"걔, 그 거 아 직 가 지 고 있어. 네가 속은 거라고."
"……"

리사의 입안에서 '분해해서 팔았다고 했는데…'라는 말이 맴돌았지만, 꺼내지는 않았다. 확신에 찬 아버지의 행동을 보면 결국 그 모든 것이 거짓말이라는 뜻일 테니까.

"이런 사소한 일도 제대로 처리를 못한다면… 그런 무능력한 인간한테 절대 회사 같은 건 못 맡기지."
"죄, 죄송합니다… 다시는 이런 일이 없을….'"

그 순간, 노아가 기가 찬다는 듯 코웃음을 치며 리사의 말을 툭 끊었다.

"다음 기회 같은 건 없어. 당장, 무슨 수를 써서라도 찾아. 필요하면 걔를 죽여서라도, 어떤 희생을 치르더라도, 내 앞에 대령해. 그게 지금, 이 순간부터 너한테 가장 중요한 일이니까. 알겠어?"

그리고 자리에서 일어난 노아는, 뒤도 돌아보지 않고 그대로 나갔다.
쾅, 등 뒤로 문이 닫히는 소리가 들렸다.
소리의 여운이 끝나자마자 집 안에 내려앉는 침묵을 무겁게 느끼며, 리사는 그대로 마루 위에 양팔을 짚으며 엎어졌다. 가빠지는 숨을 천천히 골랐다.
분했다.
끓어오르는 분노를 주체하기가 어려워, 리사는 주먹을

쥐고 몇 번이나 바닥을 내리쳤다.

머릿속 한가득 불과 몇 시간 전에 봤던 재이의 마지막 모습이 떠올랐다.

자신의 손을 쳐내던 순간의 거만함과 약속했던 돈을 받지 못할까 봐 긴장하던 순간의 비굴함, 보고 싶었다고 말하며 소장실을 둘러볼 때의 순진함 혹은 능청스러움…

평정심을 되찾기 위해 몇 번이나 심호흡을 깊이 들이마시고 내쉬며 리사는 차분히 생각을 정리했다.

그런 여자를 다시 찾는 건 손가락만 한번 까딱하면 되는 일이다.

그쪽이 잔재주를 부려 시간이 걸리더라도, 시간문제일 뿐 반드시 찾게 되어 있다. 결국 자기 목숨을 끊어야만 했던 가련한 N 씨의 케이스와 다를 바 없다.

무한에 가까운 자원을 가진 쪽은 이쪽이니까, 시간은 항상 우리 편이 된다. 단 한 번의 예외도 없었다. 그럴 수밖에 없는 게임을, 그쪽에서 먼저 시작하다니. 정말이지 멍청하기 짝이 없는 일이다. 찾을 것이다, 찾을 수 있다. 반드시……

심호흡을 마치고 몸을 일으킨 리사는 자기 방의 책장에서 지난 케이스 자료들과 함께 파일링해 두었던 재이의 사진을 다시 꺼냈다.

이번에도 내가 널 찾을 테니까, 그때도 공주님이니 뭐니,

농담 따먹기 할 여유가 있는지 보자고.

어떤 희생을 치르더라도.

어떤 희생을 치르더라도.

리사는 아버지가 남긴 말을 마음속으로 천천히 반복했다.

30분 뒤, 하나에게서 연락이 왔다.

재이와 동행으로 보이는 누군가가 공항으로 향하는 정황이 포착되었다는 것이다. 공항이라는 단어를 듣자마자, 이번에 놓치면 끝일 거라는 직감이 무겁게 리사의 마음을 내리눌렀다. 리사는 평생 이렇게 빨라 본 적이 있던가 싶은 속도로 주차장을 향해 뛰었다.

차를 몰고 공항까지 통행료가 가장 비싼 고속도로 위를 질주하다가, 손을 더듬거리며 문득 글러브 박스를 열어 봤다. 언젠가를 위해 편법으로 허가를 받은 소형 권총이 패브릭 파우치 안에 들어 있었다. 리사는 망설임 없이 파우치째 주머니에 집어넣었다. 어떤 희생이라도, 개의치 말라는 허락을 이미 받았으니까 – 망설일 이유가 없었다.

약 20분 뒤, 리사는 공항에 도착했다.

먼저 도착한 하나와 수행 팀이 공항에 쫙 깔려서 재이와 일행을 찾고 있었다.

이미 공항 보안 팀에 협조 요청도 끝난 상태였다. 가짜 여권을 만들었을 확률이 높았기에 그 가능성에 무게를 두고 보안을 강화해 달라고 요청했다. 덕분에 몸수색과 출국수속에 훨씬 더 긴 시간이 걸렸다.

공항의 내부 인력뿐만 아니라, 특수 요원들, CCTV까지 동원해서 촘촘하게 그물을 치고 수천 개의 눈이 동시에 그들을 찾았다. 앞으로 약 30분. 그 안에 승부가 결정된다. 리사는 질 생각이 없다. 질 리가 없다. 져서도 안 된다.

머릿속에 미친 듯이 밀려 들어오는 강박과 불안을 애써 지우면서, 리사는 긴장된 얼굴로 천천히, 눈을 부릅뜨고 한 걸음 한 걸음 공항을 걸었다. 투박한 워커의 고무바닥이 매끄러운 공항 바닥에 부딪힐 때마다 통통 소리를 냈다.

그런데 많았다. 사람이, 너무나도 많았다. 수속 카운터 앞에, 게이트 근처에, 면세점 안에 사람들이 바글거렸다. 리사의 애가 타들어 갔다. 눈앞에 지나가는 모든 사람이 재이로 보였다. 야속한 시간은 1초 1초 흘러갔고, 리사는 말 그대로 미쳐 버릴 것만 같았다.

5분 뒤, 고심 끝에 리사는 공항 공사 사장실을 찾아갔다.

딱 20분만 모든 비행기의 이륙을 멈춰 달라는 요청에,

사장은 적잖이 당황했다. 정교하게 짜 둔 비행기 스케줄의 엄청난 혼란이 초래됨은 물론, 고객들의 컴플레인도 감당할 수 없을 정도로 쏟아질 것이 불 보듯 뻔했기 때문이다.

부디 공항의 사정을 이해해 달라고 말을 빙빙 돌리며 식은땀을 흘리는 사장에게, 리사는 진지한 얼굴로 전화가 연결된 휴대폰을 내밀었다.

"예에에, 위원님. 당연히 저희가 협조해야죠…… 잘 알겠습니다."

노아의 비서 실장인 태오가, 공항 공사 사장의 업무를 평가하는 상임 감사 위원이었다. 리사는 조금의 감정도 없는 무표정한 얼굴로 사장이 굽신거리는 소리를 듣고 있었다. 이것이 리사와 그 가족들이 일을 해결하는 가장 전형적이고 확실한 방식이었다.

곧 수백 대의 비행기와 승객 수천 명의 발이 땅에 단단히 묶였다.

그러는 동안 하나와 수행 팀은 호라이즌 본사의 직원들을 동원해서 모든 비행기의 탑승객 명단과 등록된 여권을 전부 대조했고, 그중에 조금이라도 수상한 사람이 체크 될 때마다 일일이 찾아가 확인했다. 그러나 아직까지도 재이를 찾았다는 소식은 들리지 않았다. 보안실에서 조용히 기다리고 있던 리사는 초조함에 입술을 깨물었다. 저도 모르게 자꾸 주머니에 손을 넣어 권총을 만지작거렸다.

혹시 함정이었나?

공항이 아닌 다른 곳으로 간 건가? 하지만 한 번도 실수한 적 없던 하나와 호라이즌을 속이는 건 절대로 쉬운 일이 아닐 텐데, 그렇게 별 볼 일 없는 여자가 어떻게……?

리사의 머릿속이 더욱 복잡해지는 동안, 약속받았던 시간은 어느새 거의 다 끝나 가고 있었다. 극도의 초조함에, 온몸에 개미가 기어 다니는 것만 같았다.

마음이 급한 건 하나와 수행 팀도 마찬가지여서, 비 오듯 땀을 흘리며 공항 바닥을 달리는 그들의 구두 바닥에 불이라도 붙을 것 같았다.

그때, 지상 감시 레이더 화면에서 한 대의 비행기가 움직였다. 리사는 숨이 턱 막히는 기분으로 팀장에게 달려가 그의 멱살을 잡아서 모니터 앞으로 끌고 왔다.

"다 멈춰 달라고 말씀드렸잖아요. 저 비행기는 뭐예요?"
"아… 저쪽은 관계없어요. 전용기 활주로입니다."

팀장이 구겨진 옷깃을 탁탁 털며, 애써 불쾌함을 감춘 톤으로 말했다.

"전용기…? 누가 어디로 가는 건지는 다 확인하신 거죠?"

"왜 이러실까. 더 잘 아시면서. 그런 거 알려 주는 VVIP가 어디 있습니까? 저흰 돈 받고 활주로만 제공하는 거죠."

그 말에, 리사의 머릿속이 하얘졌다.

다음 순간, 리사는 미친 듯이 직원 전용 통로를 뛰어서 드넓은 활주로로 나갔다. 아무런 근거는 없지만, 직감이 그를 이끌었다.

상대적으로 날렵한 경비행기가 천천히 움직이는 모습이 저 멀리서 보였다.

작은 리사의 몸으로는, 아무리 달리고 또 달려도 도저히 거리가 줄어들지 않았다. 활주로라는 것이 이렇게 길고 넓었다는 사실을 새삼스럽게 실감하는 순간이었다.

리사가 뛰어오는 것을 알 리가 없는 비행기가 드디어 이륙을 준비하는 듯 천천히 속력을 높이기 시작했다.

리사는 이를 악물고 비행기를 향해 달렸다.

그러나 속도를 내기 시작한 비행기는 놀라울 정도로 빠르게 가속이 붙었다.

턱 끝까지 숨이 차올라, 한계에 다다른 것을 깨달은 리사는 쏟아지는 눈물을 멈추지도 못하고 화풀이라도 하듯 충동적으로 주머니에 들어 있던 권총을 꺼내 들었다.

하늘을 향해, 점차 멀어지는 비행기를 향해 겨냥했다가- 미처 방아쇠를 당기지도 못하고 그대로 총구를 바닥으로 떨구며 천천히 멈춰 섰다. 헐떡이는 숨을 고르느라 리사의 몸이 깊이 숙여졌다.

비행기는 이제 완전히 보이지 않는 점이 되어 사라졌다.

리사는 아무래도 재이를 놓친 것 같다는 현실과 함께 남겨졌다. 조금 전까지만 해도 붕붕거리며 손에 잡히지 않는 성가신 날파리 같은 느낌이었는데, 제대로 맞추기만 하면 그대로 지지직, 지져서 죽여 버릴 수도 있었는데-. 이제 그럴 기회는 완전히 사라져 버렸다. 지금 놓친 그 날파리가 이제 어떤 괴물이 되어 돌아올지, 리사로선 도저히 짐작조차 할 수 없었다. 그래서 두려웠고, 그 결과를 맞이할 자신이, 에너지가 조금도 남아 있지 않았다.

어느새 약속받은 시간이 다 끝난 듯, 넓은 활주로 위에서 비행기들이 제각기 움직이기 시작했다.

공항 경찰과 수행 팀 직원들이 리사를 향해, 저쪽에서 뛰어오는 모습이 보였다.

리사는 자기 손에 들린 총을, 쏘아야 할 타이밍을 영원히 놓쳐 버린 총을, 이대로 터져 버릴 것만 같은 자신의 머리에 대고 빵! 쏴 버리고 싶다는 충동에 사로잡혔다.

달궈진 아스팔트 바닥이 뜨거웠다. 머리 위에서 야속하

게 이글거리는 햇살이 뜨거웠다. 땀인지 눈물인지 모를 것들이 한데 뒤섞여서 얼굴 위로 흘러내렸다.

리사는 온몸이 너무 아프다는 걸 비로소 깨달았다. 손닿지 않는 재이의 모습이 아지랑이 위로 일렁이는 듯했다.

요란한 발소리를 내며 수행 팀과 함께 다가온 하나가, 리사의 손에 들린 총부터 재빨리 빼앗았다. 리사는 무기력해진 얼굴로 순순히 총을 놓았다. 그리고 그 손을 들어 눈을 가리면서 조용히 중얼거렸다.

"아아, 이대로 사라지고 싶어……."

*

한편, 복잡한 공항 터미널 모처의 장애인용 화장실 칸에 숨어서 시안의 태블릿으로 그가 해킹한 CCTV 화면을 통해 리사의 모습을 훔쳐보던 재이는 약간의 스릴과 매혹을 느끼고 있었다. 평생을 여유 있고 자신만만하게 살았던 여자를 이렇게 애태우고 심장이 터질 정도로 뛰어다니게 만들다니, 그 사람이 내가 되다니! 꼭 치명적인 숨바꼭질이라도 하는 기분이었다.

재이가 싱글거리며 웃는 것을 보자 시안이 툭 한마디를 던졌다.

"너, 좀 변태 같다. 그 모습이 왜 보고 싶을까?"

"글쎄, 이게 좀, 고소하고 통쾌할 줄 알았거든."

그러자 시안이 피식 웃더니 말했다.

"뒤통수는 지가 쳐 놓고서, 통쾌는."

그 말에 재이도 마주 헛웃음을 지었다.

"그래서 그런가? 막… 그렇게 엄청… 신나진 않네."

그렇게 말하면서 화면을 되감은 재이는, 활주로 위에 누워 있다가 팔로 얼굴을 가리는 리사의 모습을 확대해서 한참 바라보았다. 우는 건가? 설마… 지금 우는 거야?

그때 리사의 입술이 살짝 달싹이는 듯 보였다. 재이는 마치 독순술이라도 하듯 가만히 그 입술을 바라보며 집중했다.

하지만— 멀찍이 설치된 CCTV 화면을 아무리 크게 확대해도 정확한 발음 하나까지 읽어 낼 수는 없었다. 너무나 짧았던 리사의 한마디는 순식간에 끝났고, 곧 하나와 경호 팀들이 그를 부축해서 화면 밖으로 사라졌다.

덕분에 아마 평생 마지막일 리사의 한마디는 영영 알 수 없을 미스터리가 되어 남았다.

하지만 그건 아주 사소한 문제에 불과했다.

결국 자신과 시안은 이 공항을 무사히 빠져나갈 예정이 었기 때문이다.

그럼에도, 재이의 마음속 깊은 곳은, 그리 기쁘지 않았다.

리사의 눈물과, 그 마지막 말이 너무 신경 쓰이는 나머지 온몸이 근질거렸다. 이유도 없이 심장이 울렁거렸다. 지금이 말 그대로 마지막 기회인 것이다. 리사에게 닿을 수 있는, 달려가 그 말이 대체 무엇이었는지를 물을 수 있는… 물론 그건 목숨을 거는 일이 되겠지만…….

문득, 재이는 자신이 방금 상상한 일에 놀랐다.

목숨을 걸다니, 이 세상에서 재이 자신과 가장 어울리지 않는 일이었다.

곧 재이는 지금이 자기 인생에서 리사와 관련된 마지막 순간이라는 것을 받아들여야 한다는 사실을 깨달았다. 이걸로 영영 끝인 것이다. 그와 자신은, 그럴 수밖에 없는 운명이니까.

그리고 그 사실로 인해 약간의 비애감을 느끼는 자신이, 어리둥절하고 낯설었다.

너무 많은 감정이 동시에 밀려와, 그야말로 웃을 수도 울

수도 없는 기분이었다.

그런 재이의 옆얼굴을 말없이 곁눈질하던 시안이 몸을 비스듬히 눕히며 말했다.

"비행기 시간 아직 한참 남았으니까, 잠이나 좀 자 둬. 엉뚱한 생각 그만하고."

마치 자신의 마음속을 꿰뚫어 보기라도 한 듯한 나지막한 시안의 목소리가 그나마 재이를 지금의 현실로 돌아오게 했다.

남성이라 표시된 가짜 여권 두 개와 그것으로 산 심야 시간대의 비행기 표 두 장이 시안의 머리 뒤에 깔렸다. 재이는 고개를 끄덕이곤 몸을 옹송그리며 무릎을 끌어안았다. 좁은 콘크리트 바닥에 나란히 앉고 누운 마른 몸들. 두 사람의 짐은 언제나처럼 작고 가벼운 배낭 하나씩, 그게 전부였다.

문득, 몇 년 전의 풍경이 떠올랐다. 시안과 함께 숙식 제공 조건으로 일했던 호텔에서 성수기에 방이 없다며 주차장 아스팔트 바닥에 천막을 쳐 주었다.

이게 말이 되는 일이냐고 시안이 거칠게 항의했지만, 당연히 아무 소용도 없었다.

재이는 처음부터 항의할 마음도 없었다. 세상은 언제나 이들에게 그런 식이었으니까. 그런 날들이, 두 사람의 일상이고 인생이었다.

하지만 지금의 상황은 180도 다르다.

어쩌면, 태어나서 처음으로 이겨 본 것인지도 모른다.

게다가 다시는 싸우지 않아도 될 정도로 크게 이겼다.

그러니까 다신 뒤 돌아보지 않을 것이다. 승리한 이 인생을 즐길 것이다.

재이는 다짐하듯 생각하고 또 생각했다.

바닥에 잠시 내려 둔 태블릿 위에 상처받은 짐승처럼 누워 있던 리사의 실루엣이 겹쳐지는 듯했지만, 재이는 결심한 듯 전원을 눌러서 꺼 버렸다.

어차피 매번 이기던 사람이 한 번쯤 진 거니까, 분명히 회복도 금방일 것이다. 우리 같은 사람들하고는 다르니까.

지난 일은 아무래도 상관없다. 새 인생이, 우리를 기다리고 있으니까.

자신의 것이라곤 믿기지 않는 달콤한 문장을 되뇌며, 재이는 딱딱한 화장실 바닥에, 시안의 옆에 누워서 눈을 감고 오지 않는 잠을 청했다.

3.
재이는 살고 싶다

2년 6개월 뒤.

서울 서초구 고등 법원 앞.

수많은 취재진이 카메라와 녹음기를 들고 누군가가 나오기를 기다린다.

출발 신호를 기다리는 육상 경기장처럼 긴장감이 팽팽하다.

그러다 누군가가 "어, 저기!"라고 외치는 소리가 들리고, 그것이 신호가 된 취재진은 일제히 현관을 향해 몸을 밀어댄다.

곧 경호원들과 비서들에게 둘러싸인 누군가가 안에서 나온다.

나이를 무색하게 할 만큼 여전히 탄탄한 몸에 프라다 슈트를 걸쳐 이 순간을 꼭 영화의 한 장면처럼 만들어 버리는 남자, 노아다.

취재진이 자신을 기다린다는 사실을 알고 있었다는 듯 노아는 예의를 갖추어 그들 앞에 서서, 낮고 굵은 목소리로 말한다.

"저는 오늘 저의 명예와 20만 호라이즌 가족의 명예를 건 이 싸움에서 힘겹게 저 자신을 증명해 보였습니다. 솔직히 이 전엔 구태의연한 말이라고만 생각했습니다만, 정의가 승리한다는 말이 참 고맙고…… 뼈에 사무치도록 와닿는 순간입니다. 심려해 주신 모든 분께 죄송하고, 또 감사드립니다. 이 빚은 앞으로 차차 갚아 나가겠습니다. 감사합니다."

깊이 고개를 숙인 뒤, 경호원들에 둘러싸인 노아가 퇴장한다.

그의 카리스마에 취한 일부 취재진이 낮게 경탄을 내뱉으며, 그의 차가 사라질 때까지 미친 듯이 셔터를 누른다.

*

그리고 그 시각, 유리 벽을 세차게 때리는 스콜 속에서, 알아들을 수 없는 이국 언어들의 홍수를 피해 헤드폰을 낀 리사는 선글라스 너머로 휴대폰을 내려다보며 그 뉴스를 보고 있었다.

긴 법정 공방 끝에 아버지가 명예를 되찾은 것은 잘된 일이었다. 하지만 리사로서는 마냥 기뻐할 수가 없었다. 자신에게 부여되었던 또 하나의 데드라인이 이렇게 끝나 버렸기 때문이다.

이미 리사에게는 여러 번의 데드라인이 주어졌고, 매번 실패했다.

그래서 최소한, 아버지의 재판 결과가 나오기 전까지는 꼭 그 여자를 찾아서, 그의 귀환을 축하하는 의미로 자신의 성과를 내보이려 했다. 그 정도는 할 수 있을 거라고 믿었다.

기적적으로, 한 달 전에 익명으로부터 카오산 로드의 낡은 게스트 하우스 파티의 사진을 받았을 때만 해도 그랬다. 조금 어둡고 초점이 나가 있긴 했지만, 신나게 맥주병 나발을 불고 있던 그 사람은 분명히 재이였다.

몇 주 동안 방콕 시내 곳곳을 샅샅이 뒤졌지만, 허사였다. 벌써 다른 곳으로 옮긴 것인지, 사진이 잘못된 것이었는지…… 리사는 허탈한 마음에 입술을 질끈 깨물었다.

최근 2년 6개월 동안, 리사의 머릿속에는 오직 재이밖에 없었다. 이젠 거의 헛것이 보일 지경이었고, 꿈에도 자주 나왔다.

죽어서 세상을 뜬 사람이 아니고서야, 이렇게 완벽히 숨을 수가 있을까 싶었다. 그게 정말 리사를 미치게 했다.

처음엔 노아로부터 지시받은 임무를 다하지 못했다는 사실 때문에 이 일에 미쳐 있었지만, 나중엔 진심으로 오기가 생겼다.

게다가 실은, 어차피 회사에서의 입지도 좁아졌기 때문에 달리 할 일도 없었다. 리사가 연구소 소장 자리에서 물러나, 한직으로 떨어진 지도 벌써 2년이 다 되어 간다.

노아가 법정 공방에 휘말린 것 자체가 라이프 랜드스케이프 때문이라는 의견이 중론이었기 때문이었다. 이사회와 주주들의 눈치를 보는 차원에서 책임을 지는 모양새를 취할 수밖에 없었다. 이례적일 정도로 수직 하락 하는 호라이즌 IT의 주가를 당장 누군가는 책임져야 했으니까. 리사로서는 너무나 억울했지만 말이다.

이 일은 모두 약 2년 전, 인터넷에 퍼진 한 영상으로부터 시작됐다.

누군가의 바디 캠으로 찍은 듯 처음부터 끝까지 혼란스럽게 흔들리는 영상이었는데, 분석 결과 라이프 랜드스케이프에서 VR로 재생된 기억을 2D 동영상으로 캡처한 것이었다. 그 영상에 노아가 등장했다.

유독 커다랗고 고급스러운 소파가 돋보이는 어느 가정집 거실에서, 노아가 이 기억의 주인으로 추정되는 여성과 일상적이고 예의 바른 대화를 몇 마디 나누는 모습으로 시작된다.

이내 대화를 마치고 몸을 돌리면, 여성도 돌아서는데- 갑자기 뒤에서 노아가 여자를 그대로 붙잡고 벽에 밀어붙인다. 놀란 여자가 소리치며 반항하지만, 힘으로 제압하면서 치마를 걷고 속옷을 내려서 그대로 강간한다. 여자가 괴로워하며 비명을 내지른다.

그러자 멀리서 여자를 찾는 누군가의 목소리가 들리더니- 점점 인기척이 가까이 다가온다.

"여보? 여보! 무슨 일이야?"

그러나 곧…… 그 목소리는 침묵한다. 노아의 강간은 계속된다. 여자가 더 크게 울부짖지만, 끝나지 않는다.

몇 분 뒤, 노아의 만족스러운 듯한 신음으로 강간이 끝나고, 여자는 주르륵 벽을 타고 그대로 무너져 주저앉는다.

그 뒤에서 남자들끼리 얘기하는 소리가 들린다.

"괜찮지? 우리 사이에."

노아의 목소리다.

"……"

"자네, 이제 슬슬 의자 바꿀 때 되지 않았나?"

여자가 차마 형언할 수 없는 분노를 담아 노아의 뒤통수를 올려다본다. 그러나 노아의 몸에 가려 얼굴이 보이지 않는 '남편'은, 손을 공손히 모으고 서서… 그저 우물쭈물하고만 있다.

그야말로, 전국이 발칵 뒤집혔다.

다만 전혀 모습도 비추지 않고 목소리도 나오지 않은 피해자가 누구인지는 알 방법이 없었는데, 어떤 네티즌이 혹시 이게 성북동 타운하우스 살인 사건의 범인 N 씨가 사용했던 라이프 랜드스케이프의 기억이 아닐까 하는 추측을 내놓으면서, 인터넷이 다시 한번 뜨겁게 불타올랐다. 생전 C 씨와 N 씨가 남겼던 목소리와 해당 영상 속 목소리를 비교해 보려는 시도들이 이어졌고, 작거나 멀리서 녹음된 소리라 완벽하진 않지만 꽤나 가능성이 보인다는 자칭 전문가들의 견해를 담은 동영상이 우후죽순으로 올라왔다. 이제 사람들에게 잊히고 있었던 사건이 다시 한번 데워져 도마 위에 오른 것이다. 덕분에 그 센세이션의 한 축을 담당했던 재이의 당시 영상도 심심치 않게 볼 수 있었다.

그 대단한 호라이즌의 대표 노아가 이런 짓을?

사람들은 이 충격적인 사실을 어떻게 받아들일지 몰라서 이리저리 우왕좌왕했다. 그러는 동안 한 시민 단체가 이 사건을 수사하라는 내용으로 경찰서 앞에서 기자 회견을 열었다. 그 영상 속의 내용이 사실이라면 심각한 성범죄라는 것이다. 워낙 대단한 거물이 거론되는 건이다 보니 예상되는 여파가 심상치 않은 듯, 야당 의원까지 참석했다. 자칫 게이트로 번지는 거 아니냐고 여기저기서 수군수군하기를 며칠, 결국 공식적으로 수사가 시작됐다.

호라이즌 법무 팀은 즉시 보도 자료를 배부했다. 그 영상 속의 일은 절대로 사실이 아니며 법정에서 밝히겠다는 간단한 말이었다. 3대 로펌을 모두 섭외해, 역대 최대 규모의 변호인단을 꾸리더니 준비에 들어갔다.

아이러니하게도 법정에서 노아와 그의 변호인단이 주장했던 것의 요지는, 라이프 랜드스케이프라는 기기에서 재생되는 기억이라는 것이 얼마나 왜곡 과장 되고 때로는 창조되기까지 하는가였다. 사실, 그 과정을 지켜보는 것은 개발자인 리사에게 그 자체로 고통이었다.

그 덕에 한 사람의 기억을 주관적으로 재생하는 라이프 랜드스케이프가 법적 효력이 있는 증거 자료로서 쓰일 수 있는지에 대한 국회 토론회도 열렸다. 세상에 없던 새로운 기술이 등장했으므로 이에 관한 입법을 검토하는 것도 당연했다. 다만 하필이면 그 대단한 호라이즌의 대표 노아가 걸려 있는 재판이라서, 그 시기가 너무 빨리 와 버렸다. 과학자, 법학자들의 의견이 각자의 입장과 연줄에 따라서 자꾸만 왔다 갔다 했다.

첫 재판에서, 노아 측 변호인단이 펼친 주장은 해당 영상 속 내용이 100퍼센트 미친 사람의 과대망상이라는 것이었다. 그와 더불어 자신 있게 제시했던 강력한 증거 중 하나가 인기 급상승 영상에 오르기도 했다. 그 기억은 20대 초반의 한 익명의 여성에게서 제출받은 것이었다. 비록 약간씩 화면이 일그러지거나 딜레이가 있기는 하지만, 전체를 파악하는 데 큰 무리는 없었다.

▶ 경복궁이 내려다보이는 근사한 호텔의 스위트룸 침대 위에서, 인기 남성 아이돌 그룹의 멤버 두 사람이 서로 깊게 키스하고 서로의 몸을 만진다. 심지어 관찰하는 이쪽을 의식하고, 여성의 이름을 부르며 다정하게 그쪽을 바라보기도 한다.

그 내용도 나름대로 놀라웠으나, 영상이 녹화된 날 해당 그룹은 LA에서 콘서트를 하고 있었기 때문에 그 기억 속 일은 실제로 있었던 일이 아니다. 게다가 그 각도에서 경복궁이 내려다보이는, 그런 인테리어에, 그 정도 넓이의 스위트룸은 현실에 존재하지 않는다.

변호인단은 이 여성이 그 아이돌 그룹의 팬으로서 '2차 창작', 그중에서도 '팬픽'을 헤비하게 소비하고 또 창작하는 창작자로서 매일매일 그런 상상을 구체적이고 분명하게 해 왔기 때문에, 그 내용이 뇌에 깊이 새겨졌고, 라이프 랜드스케이프가 뇌를 스캔할 때 그것을 기억으로 분류했기 때문에 이렇게 재생이 가능해졌다고 주장했다.

그 말을 뒷받침하기 위해, 심지어 미국의 권위 있는 뇌 과학자까지 증인으로 채택되었다.

"우리가 구체적이고 분명한 상상을 반복하면 뇌는 그걸 실제로 일어났던 일을 기억할 때와 같은 방식으로 저장합니다. 이것은 의학적으로 입증된 사실입니다. 스포츠 선수들이 이미지 트레이닝을 하거나, 우리가 이루어지기를 바라는 일을 거듭해서 말하고 상상하는 것은 바로 그런 뇌의 작용을 이용하는 것입니다."

그러면서 한국인들이 이렇게 뇌 과학에 깊이 관심을 두고 있는 줄은 몰랐다며, 전 국민이 준전문가 수준의 정보들을 알고 있는 것에 감명받았다는 감상을 덧붙였다.

그런저런 지난한 과정들을 거쳐서 결국 노아가 '정의의 승리'를 외친 그날, 재판정에서 내려진 판결은 "라이프 랜드스케이프에서 재생된 기억이 법적인 증거로서의 효력을 가진다고 볼 수 없다"는 것이었다. 중요한 첫 판례가 그렇게 남아 버렸다.

하지만 어디까지나, 그 영상 속의 일이 가짜라는 것을 명백히 밝힌 것은 아니었다. 이른바 '무혐의' 판결이다.

하지만 노아는 처음부터 "없었던 일이 없었다는 것을 달리 증명할 방법이 없다"는 입장이었다. 이런 상황에서, 마치 무죄가 증명된 것처럼 포장하는 것은 언제나처럼 호라이즌으로부터 각별하게 관리받고 있는 기자단의 몫이었고, 그들은 그 역할을 충실히 잘 해냈다.

법원 앞 상황 중계가 끝나자마자, 모든 채널에서 일제히 호라이즌과 노아가 앞으로 이 위기를 어떻게 극복할지를 기대하며 낙관하는 내용을 차례로 읊어 댔다. 절체절명의 위기에서 기어코 살아 돌아온 권력자에게 누가 더 잘, 많이 아첨하는지 대결이라도 하는 것 같았다. 뭐, 그간 각자들 방송했던 내용이 있을 테니, 사실 그건 진심이 아니었다고 뒤늦게 반성이라도 하는 양 취하는 제스처에 가까울 수도 있겠다.

*

궂은 날씨로, 출발이 지연되고 있었다. 비행기는 두 시간마다 출발 지연 안내를 거듭 내보내고 있었다. 리사의 마음은 하염없이 무거웠다.

이제 모든 것이 천천히 정상화될 것이 틀림없었다. 오직 자신의 처지만 빼고 말이다. 호라이즌의 주가는 반등할 것이고, 은퇴 압박을 받던 노아도 당분간은 자리를 놓지 않을 것이 거의 확실했다. 아무래도 큰 부침을 겪었으니, 회사가 완전히 안정되었다는 것을 확인할 때까지는 그 자리를 놓을 리없다. 멍청한 리오에게 회사를 넘겼다간 몇 년도 못 버틸 거란 걸 아버지도 알 테고, 후계 유망주였던 자신은 '큰 실망'을 안겨 줌과 동시에, 바닥에 처박혀 버렸으니까.

반쯤 손에 잡았던 기회를 통째로 날려 버렸다.

그 여자 때문에.

정말 재이가 그 라이프 랜드스케이프를 가져갔고, 어느네티즌의 추측대로 거기서 나온 기억의 녹화 영상이 바로그 문제의 영상이었는지, 아버지가 진짜로 죽은 N 씨에게 그런 짓을 한 것인지, 그런 일들에 대해 리사는 놀라울 정도로관심이 없었다. 진실은 중요하지 않다. 사람들이 무엇을 믿게할지가 더 중요하다. 호라이즌과 노아는 정확하게 그런 철학을 가지고 여기까지 왔고, 그 시스템을 누구보다 잘 아는 것이 리사였다.

그렇기에, 지금 리사가 관심 있는 것은 자신이 날려 버린기회에 대한 것뿐이다. 이런 사태를 초래한 재이가 지금 어디에서 무얼 하고 있는지, 자신이 어떻게 그녀의 신세를 똑같이 망쳐 줄지에 대해서도 물론.

초기 얼리어답터—상류층 유저들이 라이프 랜드스케이

프에 열광했던 것은 SNS를 통해 자신의 기억 일부를 쉽게 공유할 수 있다는 점이었다. 브이로그나 사진을 통해 전시했던 일상을, 이제는 바로 체험 가능한 VR로 공유할 수 있다니, 이는 가히 혁명적인 일이었다. 힘들여 설명하거나 멋지게 찍고 꾸밀 필요도 없이 그냥 파일만 공유하면 되는 것이다. 누가 누가 더 멋진 경험을 했는지를 상대방의 온몸에 직접적으로 메다꽂을 수 있는 진검 승부의 장이 펼쳐진 것이나 마찬가지였다. 게다가 어렸을 적에 있었던 일들에 대한 기억은 더더욱 아우라가 있었다. 덕분에 진짜 금수저들의 어린 시절 VR을 초 단위로 분석하는 콘텐츠가 수없이 만들어져 인기를 끌 정도였다. 주로 방의 가구부터 소품 하나하나, 부모의 옷차림과 셀러브리티 지인들의 숫자, 고급 메이드의 숫자 등을 자세하게 분석하는 내용들이었다.

리사조차도 비서인 하나의 SNS를 통해 종종 그의 기억을 보곤 했다.

이를테면 태권도 선수로서 전국체전에서 메달을 따던 순간. 국가 대표로 선발되어 합숙에 들어가던 날. 그리고 한참을 건너뛰어서 호라이즌에 합격하던 날, 기뻐하던 부모님의 솔직한 얼굴 같은 것들.

살아온 인생이 달라도 너무 달랐던 리사로서는 조금도 공감할 수 없는 내용들이었지만, 무엇보다 '진짜'라는 아우라 때문인지 어떤 훌륭한 드라마나 영화를 볼 때보다도 깊은 감응이 있었다.

　이런 유행 때문에 호라이즌 IT 본부의 마케팅 부서는 라이프 랜드스케이프가 100퍼센트 진실만을 재생한다는 점이 유저들에게 매우 중요할 것이라고 분석했다.

　그런데 느닷없이 노아의 재판이 열리면서 라이프 랜드스케이프가 기억뿐 아니라 지나치게 생생한 상상의 영역까지도 재생할 수 있다는 것을 이제 와서 제조사인 호라이즌이 적극적으로 밝힌 것이다. 주가 하락의 책임을 더해서, 아무래도 자리에서 물러나야겠다고 리사가 결정한 것도 노아의 변호인단이 준비하고 있는 이 내용을 미리 브리핑받았을 때였다. 솔직히 말해서, 그대로 라이프 랜드스케이프의 생명이 끝날 거라고 예상했다.

　놀라운 것은… 결과가 오히려 완전히 반대였다는 점이다!

　노아의 재판 보도를 통해 아이돌 팬픽에 전념하던 20대 여성의 기억을 국민 대다수가 보게 된 그날 저녁부터, 급격히 라이프 랜드스케이프의 판매가 늘기 시작했다. 마침, 가장 비싸게 출시되었던 초창기 모델 완판 이후에 가격을 떨어뜨린 보급형 모델로 대중화 전략을 펼친 것과도 맞물렸다.

　맨 처음엔 증거로 제출된 아이돌 가수 팬의 케이스처럼, 최애 연예인을 집으로 불러내는 것이 챌린지처럼 유행했고,

그 후에는 히어로 영화 속 캐릭터를 만나거나 만화 속 장소를 재현하는 것 등등 다양한 방식으로 계속되었다.

물론 막상 챌린지를 통해 기기를 사용해 본 사람들은 곧 '뇌에 새겨질 만큼 분명한 상상'을 하는 것이 얼마나 어려운지를 알게 되기도 했다. 상상을 깨끗하고 완벽하게 3차원 VR로 재생시키는 것은 거의 드문 일이었고, 대부분 2D와 3D가 섞인 모습으로, 혹은 이미지가 일부 불완전한 상태로 재생되는 경우가 많았다. 하지만 그 깨달음이 노아의 재판에 대한 의구심으로 이어지는 법은 없었다.(물론 그런 의문에 대비해 노아의 변호인단은 이 기억을 재생한 주인이 일반인과는 다른, 과대망상증과 편집증에 걸린 환자라는 정신과 전문의들의 진단을 수백 장의 문서로 준비해 두기도 했다.)

덕분에 라이프 랜드스케이프의 인기는 처음 리사와 호라이즌이 계획했던 것보다 더 빠르게 올랐다. 과거, 호라이즌에서 출시해 역대급으로 흥행했던 하이브리드 콘솔 게임기의 초기 보급률에 맞먹는 속도라고들 했다.

이 아이러니한 상황을 매일 태블릿을 통해 확인하면서도, 리사는 기쁨은커녕 어느새 아무것도 느끼지 못하는 상태로, 수많은 외국의 공항들을 전전하면서 재이만을 찾아 헤매고 있었다.

일부에서는 실존 인물을 실제처럼 재현하는 기술이 딥페이크처럼 악용될 우려가 있다며 해당 유명인들의 인권과 초상권, 창작물의 저작권을 위해서라도 금지해야 한다는 의견이 제시되기 시작했다. 실제로 비슷한 사례가 눈에 띄게 늘어난 것도 그 시점부터다.

라이프 랜드스케이프 출시 초기에도 VR을 교묘하게 조작해서 다크웹에 파는 사례들은 있어 왔는데, 기억을 조작할 수 있다는 것이 공식적으로 발표된 이후로는 다루는 내용이 점점 더 심각해졌다. 스너프 필름을 비롯, 아동부터 성인, 캐릭터나 유명인까지 상대를 가리지 않는 성폭력 영상들이 주로 거래되었다. 더 큰 문제는, 그중 일부 내용들이 진짜였다는 것이다. 실제 피해자의 모습이 고스란히 찍혀 있었음에도 약간의 조작과 상상을 곁들여 이것은 절대로 진짜가 아니라는 말로 교묘히 포장했다. 하지만 막상 그것을 체험하는 사람들은 그 둘 사이의 차이를 모를 수가 없었다. 완성도가, 체험 후의 감상이, 확연히 달랐기 때문이다.

실제 범죄 기억들이 거래된다는 소문이 암암리에 퍼지기 시작하자 일부 사용자들은 열광했다. 각종 음란하고 잔인한 기억을 수백, 수천 개씩 거래하면서 어떤 것이 진짜고 가짜인지를 가리는 것이 일종의 게임이 되어 버렸다.

곧, 가장 널리 퍼진 기억에 등장하는 피해자가 자살했다는 사실이 보도되었다. "이건 가짜도, 상상도, 게임도 아니고 실존하는 사람을 죽이는 가해임을 깨닫길 바란다"는 유서 내용이 인기 탐사 보도 프로그램을 통해 알려졌다.

잠시 다크웹이 잠잠해지는가 했지만, 주소만 바꾼 사이트에 곧 죽은 이가 등장한 기억 파일이 '유작'이라며 더 많이 업로드되었다. 여러 보도를 통해 오히려 진짜인 게 확인된 셈이었으니, 한번 파일이 올라올 때마다 불티나게 팔렸다.

이상한 것은 그다음이었다. 피해자가 죽었다고 알려진 이후, 다크웹 헤비 업로더로 활동하던 판매자들이 하나둘씩 자취를 감추기 시작한 것이다. 그의 온라인 동료들은 그 여자가 귀신이 되어 잡아갔나? 하고 농담을 했지만, 진짜로 웃을 수는 없었다.

대부분의 이들이 철저한 익명으로 활동했기 때문에 실제로 사라진 사람들이 어떻게 됐는지는 알 방법이 없었지만, 그나마 사적으로 교류하던 동료들이 있던 경우는 신고에 의해 수사가 시작되는 일도 있었다.

그리고 그중 한 사람이 심장마비로 죽었다고 밝혀지기도 했다. 우연의 일치라고 보는 사람들이 더 많았지만, 음모론을 좋아하는 사람들은 또 그 일로 한바탕 떠들어 댔다. 일부 언론도 물론이었다.

이 모든 것이 라이프 랜드스케이프 때문에 벌어진 일이었다.

정작 그 모든 일의 발단을 만든 리사는 완전히 무감각했지만 말이다. 이 소동들이 자신과 관련이 있다고는 도무지 느낄 수가 없었다.

아버지의 재판도 드디어 일단락되었으니 이젠 어떻게든 재기를 준비해야 한다고 생각하면서도, 그 방법은 도저히 알수가 없었다. 재이를 찾아내 이 손으로 붙잡는 방법 말고는 생각나지 않았다. 그것만이 유일하고도 절대적인 해결책이될 것이라고 너무 오랫동안 믿고 있었던 탓일지도 모른다. 그러나 이젠 다음 페이지로 넘어가야 할 때였다. 너무나 고통스럽지만, 이제는 인정해야 했다. 자신이 이 일에 완전히 실패했다는 사실을, 어떻게도 복구할 수 없다는 것을.

그때 비로소 오래 기다렸던 탑승 안내가 시작되었다.

리사는 지옥에 끌려가는 마음으로 여섯 시간을 기다렸던 비행기에 올라탔다.

*

미치광이처럼 재이의 흔적만을 찾아다니면서 리사는 자연스럽게 비서도 경호도 모두 줄였다. 자신을 이해하지 못하거나 안쓰럽게 보는 눈들을 마주하는 것이 더 고통스러웠기 때문이다. 하나가 마지막까지 리사의 곁에 있었지만, 오랜 설득 끝에 결국 본사로, 태오의 밑으로 보냈다.

콤팩트한 기내용 캐리어를 끌고 한산한 밤의 공항 주차
장을 걸었다. 선선한 공기가, 한국에 돌아왔다는 것을 실감
하게 해 주었다. 4년째 타고 있는 아우디 컨버터블이 언제나
처럼 자신을 기다리고 있었다.

트렁크를 열어 짐을 넣고, 운전석에 올라타는데 갑자기
조수석 문이 열리더니, 누군가가 덩달아 올라탔다.

리사는 황당한 얼굴로 옆을 돌아보았다.

쌍꺼풀 없는 눈에 둥그스름한 콧날, 장난기 어린 표
정…… 그리고 버킷햇. 재이였다.

"방콕은 잘 다녀왔어? 꽤 더웠지?"

재이가 마치 어제 만난 사람처럼 가벼운 말투로 물었다.

리사는 잠시 자신의 눈을 의심했다. 꿈인가 싶어 한 번
두 번, 눈을 깜빡이다가, 거의 본능처럼 팔을 뻗어 재이의 멱
살을 잡았다. 그의 얇은 면 티셔츠가 리사의 손안에서 구겨
졌다.

"너… 뭐야……."

"아휴, 밀린 얘기가 많다. 궁금하지? 집으로 가면서 얘기
할까?"

여전히 재이는 싱글싱글 웃고 있었다. 반면에 리사는 당장이라도 눈물을 쏟을 것 같았다. 혼란스러워 미칠 것 같았다.

"웃기지 마, 씨발⋯⋯."

"워우, 우리 공주님 그사이에 많이 거칠어지셨네, 욕도 잘하고."

그 말에 이번엔 리사가 재이의 목을 양손으로 세차게 쥐었다.

미처 방어하지 못한 재이가 커억 소리를 냈다.

"어, 야, 야, 반가우면, 말로 해, 말로⋯!"

"닥쳐, 지금 나한테 총이 있었으면 넌 바로 죽었어⋯."

"하, 총, 기, 규제, 국가라서, 얼마나, 다행이야⋯. 대한민국, 만세⋯."

목이 졸려 있는 상황에서도 굴하지 않고 재이는 입을 잘도 나불거렸다.

기가 막혀서 그런 재이의 얼굴을 지긋이 노려보다가, 리사는 결심한 듯 손을 놓았다.

"뭐, 천천히 죽여주지. 제 발로 걸어 들어오다니, 잘됐네."

그리고 뭔가를 다짐하듯 차 문을 잠갔다.
재이는 숨이 막혔던 듯 요란하게 켁켁대느라 바빴다.

곧 리사의 아우디 컨버터블이 공항을 출발했다.
달빛이 내리는 영종대교를 시속 160킬로미터, 수동 운전
으로 달렸다. 타이어의 굉음 속에서 리사는 점차 흥분되는
마음을 애써 가라앉혔다. 드디어, 오랫동안 잊고 있었던 살
아 있다는 실감이 조금씩 돌아오는 것 같았다.

*

"도대체 씨발, 어떻게 된 거야? 처음부터 끝까지 다 말
해."
"워워, 거 욕 좀 그만하라니까 참……."

재이가 짐짓 안 어울리게 고상한 척을 하며 리사를 향해
혀를 찼다.
참나, 네가 나 보자마자 처음으로 했던 말도 씨발이었거
든?
리사는 툭 튀어나오려는 말을 애써 삼키면서, 자연스럽

게 꺼내 물려는 재이의 담배를 턱 집어서 빼앗았다.

"어어?"
"우리 집 금연 구역이야. 이게 어디서……."

심야의 한산한 도로를 신나게 밟아서 도착한 곳은, 결국
리사의 펜트하우스였다.

당장 태오에게 연락할 수도 있었지만, 그것보다는 조금
더 드라마틱한 순간을 기다리는 것이 좋을 것 같았고, 몇 가
지 좀 확인하고 싶은 것도 있었고… 무엇보다 다시는, 절대로
놓쳐서는 안 되었기 때문에, 역시 선택지가 없었다.

대체 어떤 삶을 사는 건지, 작은 배낭 하나가 짐의 전부
인 재이는 리사를 따라 들어오자마자 당연하다는 듯 가방을
휙 내던지더니 거실의 소파에 털썩 주저앉았다. 리사조차 너
무나 자연스럽게 그 옆에 따라 앉았을 정도였다.

"그래서, 그때 그 랜드스케이프 어쨌어? 그 영상 진짜 네
가 퍼뜨렸어?"
"저기요. 하나씩 얘기해도 될까?"

리사가 허락하는 의미로 턱을 까딱했다.
그런데 재이가 갑자기 이쪽을 향해 손바닥을 내밀었다.

마치 예전에 그랬던 것처럼. 리사가 의아하다는 표정으로 쳐다보자, 재이가 말했다.

"오늘은 악수 안 해 줘?"

장난치지 말라는 표정으로 쏘아보자, 그제야 키득거리며 재이가 말했다.

"아까 뺏어 간 담배. 그거 없으면 난 얘기가 잘 안 나오더라고. 생각도 잘 안 나고⋯ 머리가 막 멍해지는 게⋯ 나이가 들어서 그런가⋯⋯."

그러더니 천연덕스럽게 손바닥을 쥐었다 폈다 하며 눈까지 찡긋했다.

화가 머리끝까지 난 리사가 다시 재이의 멱살을 잡으려다가, 애써 화를 가라앉혔다. 다시 몇 년 전의 그 모텔 방과 다름없는 상황이었다. 이 뻔뻔한 여자에게 내 운명이⋯ 또 걸려 있어⋯ 하지만 이번에야말로 순순히 당하진 않을 거다. 절대로.

한숨을 푹 내쉬곤 체념한 듯 부엌으로 간 리사는, 식탁에 대충 올려 두었던 담배를 집었다. 그러곤 싱크대에서 식칼도 같이 집었다.

"또 거짓말하면 죽여 버린다. 정말 죽일 거야. 알아들어?"

담배를 건넴과 동시에 테이블에 식칼을 쾅 내려놓으면서 무섭게 을러댔다. 그러곤 재이가 손을 뻗어 집으려는 담뱃갑에서 먼저 담배 한 개비와 라이터를 꺼내 들고, 보란 듯이 찰칵 소리를 내며 불을 붙였다.

후우 리사가 담배 연기를 뿜어내자 재이가 황당하다는 표정을 지으며 웃었다.

"뭐야, 금연이라며?"
"우리 집 안에선, 금연이었다는 거지."

아무렇지 않게 말하는 리사를 보며 재이가 쿡 웃었다.

"이야, 그동안 자기 진짜 많이 변했네?"
"누구 때문인데?"

그랬더니 재이가 전혀 모르겠다는 듯 어깨를 으쓱하더

니 리사의 손에서 담배와 라이터를 쏙 빼 갔다. 아, 얄미워.

두 사람이 동시에 뿜어낸 담배 연기가 뿌옇게 거실을 메웠다. 잠시나마 나른한 공기가 맴돌았다. 맛있게 스읍 빤 담배를 그대로 입에 문 채로, 재이가 손을 뻗어 소파를 더듬더듬 만져 보더니 말했다.

"헐, 이거 양가죽이야?"
"⋯⋯몰라. 그냥 예뻐서 샀는데."
"하⋯ 양가죽이 얼마나 잘 찢어지고 약하고 관리 어려운 줄 알아? 뭐, 모르겠지⋯ 부자들이 뭘 알겠어⋯ 어차피 지들이 관리 안 하는데 뭐. 너네 집 가사 도우미는 누구였을지 참⋯⋯."

재이가 연기를 후 뱉으며 리사를 쳐다봤다. 아니, 비웃었다. 그건 비웃은 게 맞다.

"아, 어쩌라고? 묻는 말에나 대답하지?"

리사가 버럭 화를 냈다.

"그래그래, 알았어. 자, 일단 말이야⋯⋯ 나도 너무너무 억울한 입장이야. 나도 친구한테 배신당했다고."

"뭐?"

리사가 의구심에 가득 찬 표정으로 반문했다.

"랜드스케이프를 팔았다고 했던 건… 거짓말이 맞아. 그건 내가 진짜 미안하게 생각해…… 그래서 지금 반성하면서 솔직하게 얘기하고 있잖아. 내 말 안 믿을 거야?"

그렇게 살살 리사를 달래면서 시작된 재이의 말은 대략 다음과 같았다.

왜 그 너희 아빠가 법정까지 가서 되게 고생했던 그 기억, 그걸 내가 발견했던 건 맞아.

어떤 네티즌이 생각해 냈는지는 몰라도 그 글 보고 깜짝 놀랐네. 그 기억 그거, 사모님 꺼에서 나온 거 맞거든. 성북동 살인 사건의 범인, N 씨. 근데 그걸 내가 퍼뜨린 건 아냐.

이 얘기 듣고 열받지 마, 응? 나 찌르지도 말고.

사모님의 랜드스케이프, 그 안에 그런 내용이 있다는 걸 확인하자마자 진짜 이걸 어떻게 해야 될지 손이 막 떨리더라고. 그래서… 일단 내 친구 중에 제일 똑똑하고 컴퓨터 그런 거 잘 다루는 친구한테 바로 전화했어. 당장 경찰에 들고 가서 신고를 할까부터 시작해서, 별별 생각을 다 했지. 사실 친구는 신고하자고 했었어. 근데 난 아무래도 이게⋯ 팔자 바꿀 기회처럼 느껴지더라고.

이것저것 다 생각해 본 끝에, 친구랑은 헤어지고 나는 모텔에서 기다리고 있다가 너네한테 잡혔어. 사실 잡혀 준 거지. 한 번은 거쳐야 할 일 같았거든. 하하. 기분 나쁘게 듣진 마시고.

그리고 연습부터 마지막 기자 회견까지, 그 과정은 너도 잘 알지?

계획대로 일이 끝나자마자 친구가 너네 아빠한테 연락해서 딜을 좀 했어.

그 기자 회견 끝난 직후였을 거야. 물론 직접 만나진 않았지. 메신저 통해서, 철저히 익명으로.

그 대단한 노아님께서 엄~청 화가 난 것 같았지만 뭐 어쩌겠어?

유출하지 않고 평생 묻는 조건으로 그 기기도 반납하고 엄청 큰돈을 받았어. 몇십 년을 흥청망청 놀고먹어도 남을 만큼? 그 돈 받고 바로 가짜 신분증이랑 여권 만들어서 출국한 거야.

여기저기 놀러 다니면서 잘 살았지. 난 동남아 리조트가 그렇게 체질에 맞더라고. 아무것도 안 하고 선 베드에 누워서 온종일 칵테일 마시고. 거기서 일하는 메이드들 보면 마음이 좀 아프긴 했지만.

여튼. 그렇게 잘 살고 있었는데…… 어느 날 갑자기 내 친구가 아무 말도 없이 그걸 유출했네?

나도 인터넷에 뜬 거 보고 알았어. 내 친구가 한 짓이란 건 바로 알았지. 전 세계에서 그걸 갖고 있는 건 우리 둘밖에 없었거든.

아, 유출 안 하는 조건으로 기기 넘기고 돈 받지 않았냐고?

아이, 혹시 모르니까 진짜 만의 하나를 위해서 백업은 해 뒀지, 그 정돈 할 수 있잖아… 아, 째려보지 말고.

암튼 난 진짜 그거 풀 생각이 없었다니까. 다 걔가 갑자기 해까닥 돌아서 그런 거야.

그 친구가 원래 좀 꼴통이거든. 정의감이 막 좀 투철하고 그런 편이야. 그러지만 않았어도 그 해킹 능력으로 벌써… 아, 그건 됐고.

암튼 도대체 무슨 생각으로 그랬냐고, 이거 이제 어떻게 수습할 거냐고 그랬더니 자긴 어쩔 수 없었대, 배 째래! 어이가 없는 거야, 진짜.

더 무서운 게 뭔 줄 알아? 농담이 아니라, 진짜 겁나 무서운 킬러들이 쫓아오기 시작했어. 리조트에서 수영하다가 갑자기 칼 맞을 뻔한 적 있어? 너네 아빠가 보냈겠지, 분명.

결국 그 친구랑 죽도록 싸우다가 서로 흩어지고, 사람 없는 동네로만 계속 도망 다녔는데…….

처음엔 좀 스릴도 있었거든… 근데 이제 도저히 그 짓도 못 해 먹겠는 거야…….

하도 위협을 당하니까 나중엔 사람 많은 곳 자체가 무서워져서 무조건 차 렌트해서 교외로 다니고 멀리 갈 땐 전용 헬기까지 띄웠어…… 그러느라 돈 번 것도 다 날리고.

주위에 진짜 아무것도 없고 얼어 죽을 것 같은 아이슬란드 시골집에서 혼자 언제 킬러가 올지도 모른다는 생각에 며칠 밤낮을 잠도 못 자고… 겁나게 고생하다가… 아씨, 이럴 바에 그냥 죽을까도 싶었는데…… 그러다 갑자기 생각이 난 거야.

"뭐가??"

리사가 큰 소리로 반문했다.

"네 옆에 있으면… 죽지는 않을 수도 있겠다는 생각……?"

재이가 후우– 담배 연기를 내뿜으면서 아련하게 말했다.

리사가 기가 막혀서 말했다.

"내가 너를 죽일 거라는 생각은 안 했나 보지? 애초에 너 때문에 지금 회사에서 내 상황이 어떻게 됐는지 알아…?"

"뭐, 이제 소장님이 아니란 건 알지. 근데 그게 나 때문이라고? 잘 생각해 봐, 내 얘길 듣고 나니 생각이 좀 바뀌지 않니?"

"아니, 진짜로 너 때문이었다는 생각밖에 안 드는데? 애초에 네 말을 어떻게 믿어? 그 친구라는 사람이 진짜 있는 사람인지 아닌지도 난 모르겠고…."

"아니, 그 사람은 당연히 진짜 있는 사람이지! 이거 봐…."

재이가 당당하게 자신의 휴대폰을 꺼내서 리조트에서 찍은 사진을 보여 줬다.

반삭발의 머리에 선글라스를 걸치고 비키니 차림으로 선 베드에 누워 카메라를 보고 있는 여자와 그 옆에서 거대한 피냐 콜라다 잔을 들고 바보처럼 웃고 있는 재이 자신의 셀카였다.

게다가 덤으로 전용 헬기를 빌렸을 때의 사진과 숨어 있던 아이슬란드 시골집 사진도 보여 주었다. 태연하게 그 와중에도 V자를 그리고 있는 모습이 참으로 재이다워 보였다.

"……합성 사진 아냐?"

"아, 아니라고~! 난 그런 거 할 줄도 모른다니까⋯ 이 언니 이름이 시안인데⋯ 원래 좀⋯ 지 멋대로야. 남의 말은 절대 안 들어. 하, 나랑 분명히 약속해 놓고⋯⋯."

"흠⋯⋯."

리사는 잠시 생각하다가, 하마터면 그대로 넘어갈 뻔했다는 것을 깨닫고 말했다.

"아무튼, 날 밝으면 너 바로 넘길 거야. 누가 그랬든 애초에 거짓말하고 그 기기 빼돌린 건 너니까. 친구고 뭐고, 그냥 애초에 다 네가 한 짓으로 해. 그리고, 죽어. 난 다시 올라가야 되니까."

리사가 눈 하나 깜짝하지 않고 말했다. 그러나 재이 역시 조금의 놀란 기색도 없이 받아쳤다.

"하, 뭘 모르시네. 시안이라는 친구가 얼마나 빡대가린지 모르겠어? 내가 죽었다 쳐. 다 잘 수습한 척했다 치자고. 나중에 걔가 또 뭐라도 터뜨리면, 그땐 뭐라고 수습하려고? 꼭 일을 빨리 처리하려고 섣부르게 굴면 진창에 처박히는 거야. 겪어 봤으면서 왜 그래?"

"이게 진짜⋯⋯."

리사는 천연덕스럽게 자신을 엿 먹이는 재이를 째려보면서 대체 이 짧은 대화 동안 몇 번이나 이 여자의 멱살을 잡고 싶었는지를 세 보았지만, 두 손, 열 손가락으로 헤아릴 수 있을 것 같지가 않았다.

"내가 설마 아무 계획도 없이 왔겠어? 너 같은 냉혈한한테 맨입으로 부탁할 생각을 했겠냐고. 내가 시안이 잡게 도와줄게. 그 대신 나는 살려 주는 거야. 오케이?"

"뭐⋯⋯?"

"안 그래도 너 진짜 애 잡긴 잡아야 될걸? 요새 왜, 다크 웹에서 기억 장사하던 놈들 갑자기 실종되고 있다는 뉴스 들었지?"

"⋯⋯그런 게 있었던 것 같기도 하고."

"100프로, 그 뒤에 시안 있어."

"어떻게 장담해?"

"애가 원래 컴퓨터 그런 거 되게 잘한다 그랬잖아. 나랑 같이 도망 다니면서 라이프 랜드스케이프를 하나 사더니 지 혼자 이것저것 연구해서 되게 많은 거를 깨우치더라고. 그러더니 어느 날부터 무슨 패치를 개발했다면서 다크웹에서 장사를 하나 시작했는데⋯⋯"

그러더니 소파 테이블 위에 있던 캔들 위에다 담배를 대충 끄고 소파에서 일어나 두리번거리더니 말했다.

"너희 집에도 그거 있지? 직접 봐."

그러곤 주머니에서 태블릿을 꺼내 흔들어 보였다.

리사는 일단 그를 따라 몸을 일으켰다. 아직 아무것도 믿지 않는다고 되뇌었지만 아무래도 재이의 페이스에 말려드는 것 같은 기분이 썩 유쾌하지 않았다.

*

리사는 양쪽 귀의 볼륨을 최대한 낮춘 뒤 고글과 장갑을 끼고 자기 방에서 라이프 랜드스케이프를 가동했다. 그러는 동안 재이가 블루투스로 태블릿의 파일을 기기로 전송했다.

"내가 방금 두 개 보냈거든? 처음 거부터 틀어 봐."

리사는 그게 뭐든지 자신의 두 눈으로 직접 확인해야겠다는 마음에 재이가 시키는 대로 했다. 그러고 보니 자신이 만든 기기인데도 참으로 오랜만에 사용한다는 생각이 들었다. 너무 오랫동안, 차마 지난 기억을 돌아볼 용기가 나질 않았다.

기억이 시작되자 눈앞에 묘하게 낯익은 거실이 펼쳐졌다.

그러더니 또 어딘가 조금 낯익은 중년 남자가 셔츠 차림으로 등장했다. 리사가 애써 기억을 떠올려 보는데, 그걸 눈치챈 재이가 잠시 일시 정지하더니 말했다.

"이것도 사모님…… 그러니까 N 씨 기억에서 가져온 거야. 알지? 이 남자는 그, 그때 죽은 남편 C 씨고."

아아. 그제야 기시감의 이유를 깨닫게 되었다. 리사가 살짝 고개를 까딱했다.

다시 플레이. ▶

화면 여기저기의 픽셀이 조금씩 깨져 있고, 이내 한철을 보낸 매미가 죽기 전에 내는 소리처럼 부웅- 하는 소리가 난다. 이것이 라이프 랜드스케이프가 스캔한 상상을 재생할 때의 현상 중에 하나라는 것을, 이제 리사뿐 아니라 많은 사람이 알고 있다.

N의 팔로 추정되는 것이 C의 머리를 휘어잡고 흔들다가 바닥에 내려찍는다. 힘없이 쓰러지는 C. N이 이내 발을 들어 C의 몸을 밟고 머리를 발로 찬다. 탄성 있는 고무공처럼 바

닥에서 튕기는 C의 몸. 곧 N이 부엌에서 식칼을 들고 와 C의 몸을 아래로 내려 찢고, 그 안에서 흰색 점액질이 쏟아져 나온다.

리사는 조금 당황스러운 기분으로 N의 입장에서 그 모든 것을 지켜본다.

그때 다시 C의 흩어졌던 몸이 마치 합체되듯 형체를 갖추자, 이번엔 N이 칼을 가슴을 향해 찌르는데… 거기서 기억이 끝나고.

자동으로 다음 기억으로 넘어간다.

지지직거리는 소리와 낯익은 거실, 셔츠를 입은 중년 남자 C. 모든 것이 똑같다.

리사는 그것이 조금 전에 봤던 것과 같은 기억이라는 사실을 눈치챈다. 뭔가 이상하다는 사인을 하려고 팔을 휘두르는데, 재이가 그 팔을 붙잡으며 말한다.

"그냥 일단 봐."

리사는 어쩔 수 없이 다시 자기 눈앞에 펼쳐지는 내용에 집중한다.

이번에도 N의 팔로 추정되는 것이 C의 머리를 바닥에 내려찍는데, 아까처럼 탄성 있게 튀어 오르지 않고 인간의 몸이 그러듯이 빽 소리가 나면서 살짝 찢어지고 피가 튄다.

쓰러진 C를 밟을 때도 묵직한 중량감이 있는 그대로 느껴진다.

더 대단한 것은 다음이었다. 식칼로 C의 몸을 찢는 순간, 고무를 자르듯 칼이 시원하게 들어가는 것이 아니라 뼈와 살의 빽빽한 그 느낌이 그대로 손에 전달되고, 몸에서 뿜어져 나오는 시뻘겋고 뜨끈한 피가 몸 쪽으로 쏟아진다. 정말 젖어 버린 건 아닌지 자신의 몸을 무의식중에 만져 볼 지경이었다.

그때 재이가 다시 한번 재생을 정지했다.

리사가 고글을 벗으며 먼저 물었다.

"대체 이게 뭐야?"

"이게, 시안이 하는 일이었어."

재이가 어깨를 으쓱했다.

두 사람은 다시 거실로 나왔다.

피가 아닌 땀에 젖은 채로, 리사는 가쁜 숨을 몰아쉬며 소파에 걸터앉았다.

"이런 걸 다크웹에서는 복수 패치라고 불러."

"복수 패치…"

"여자들이 과거에 날 해쳤거나 괴롭혔거나 아무튼… 원한이 있는 남자들을 죽이는 건데, 그냥 상상한 내용은 항상 조금씩 불완전하니까. 이렇게 패치를 입혀서 진짜 죽이는 것처럼 피가 튀고 살이 찢기게 해 주는 거지. 대박 진짜 같지?"

"……"

리사는 대답하지 않고 잠시 짧은 시간 동안 자신이 느낀 것들을 되짚어 보며 생각에 잠겼다.

"근데 문제가 뭔 줄 알아?"

"……?"

"이게 너무 진짜 같으니까 계속 반복하다 보면 현실에서도 진짜 죽일 수 있을 것 같은 기분이 드는 거야. 여자들, 솔직히 대부분 살면서 사람 한번 때려 본 적도 없잖아. 근데 이 패치 씌운 걸 이렇게 저렇게 계속 반복하다 보면… 진짜로… 이제 안 무서워지는 거야. 때리든 찌르든 어떻게든 죽일 수 있을 것 같은 기분이 되는 거지."

"그래서… 그런 여자들을 네 친구가 몰고 다니면서 남자들을 진짜로 죽이기라도 한다는 거야?"

재이가 고개를 끄덕였다. 리사가 믿을 수 없다는 표정으로 마주 보았다.

"다크웹에서 실제 범죄 기억이 유행인 거 알지? 그거 팔고 있는 셀러들 대부분이 자기 기억을 판다잖아. 또 그 기억 대부분은 성범죄고. 여자들이 죽이고 싶어 하는 놈들 중에 당연히 그런 새끼들 지분이 꽤나 되지 않겠어?"

"흠⋯⋯."

"그 판매자 놈들 계속 죽어 나가면 다크웹 커뮤니티도 확 죽고, 라이프 랜드스케이프 판매에도 지장 있을걸? 그리고 혹시나 나중에 이 사실이 알려져 봐라. 여자애들이~ 이걸로 막 몰래 남자들 죽이고 그랬다고~ 그거 들키면 진짜로 청문회 끌려 다니고 판매 금지당하는 건 시간문제 아닐까?"

재이의 말을 무시하고 싶었지만, 그럴 수 없다는 생각에 리사의 골치가 지끈거렸다. 저도 모르게 한 번도 소리 내서 말한 적이 없던 진심이 신세 한탄처럼 튀어나왔다.

"도대체⋯ 왜 이렇게 일이 커진 거야? 사람들은 대체 왜 그러는 건데? 그냥 좀 아름다운 용도로만 사용하면 안 되는 거야? 그러라고 만든 제품이 아니라고!"

그러자 재이가 어깨를 으쓱하면서 말했다.

"자기 진짜 순진하구나……."

"……뭐?"

"저기요. 이 세상에는 말이죠. 되새기고 싶은 좋은 기억만 가득한 사람은 없어요. 오히려 반대지. 떼어내도 떼어내도 끈질기게 쫓아오는 기억들뿐이야. 보통 사람들 인생이 다 그렇다고. 그러니까 이 사달이 나는 거지."

리사가 잠시 망설이다가, 무표정하게 차가운 목소리로 말했다.

"힘들면, 그냥…… 잊어버리면 되잖아."

재이가 그 말에 문득 리사의 눈을 바라보았다. 평평하고 초점 없는 눈을. 어쩐지 조금 꺼림칙하다는 생각이 들었는데, 그게 무엇 때문인지는 알 수 없었다.

잠시 짧은 침묵이 흐르고, 재이가 리사의 눈치를 스윽 살피더니 말했다.

"뭐 암튼, 나는 할 수 있는 얘긴 다 했고. 날 죽이든 살리든 그건 다 니 맘인데, 나 사실… 너한테 꼭 묻고 싶었던 게 하나 있다."

"…뭔데?"

"그때, 공항에서……."

재이가 '공항'이라는 말로 운을 떼우자 저도 모르게 리사의 대답이 날카로워졌다.

"그때 언제?"
"아, 왜, 2년 반 전에, 너랑 막 그 경찰들이 무슨 할리우드 영화처럼 공항 통제하고 난리쳤을 때 말이야."

재이의 표정은 무덤덤한 듯 보였지만, 리사로서는 놀림받는 기분이라 그다지 유쾌하지 않았다.

"아, 뭐, 그런 일이 있었나?"
"그때… 너 활주로에서. 뭐라고 했어?"

그 순간, 리사의 머릿속에서 모든 것이 되살아났다.
그날의 절망감, 분노, 신기루처럼 아른거리던 재이의 모습, 뜨거웠던 아스팔트와 딱딱했던 신발 밑창, 바스락거리던 트렌치코트와 손가락 끝에 요철이 느껴지던 피스톨, 그리고 그대로 머리에 대고 확 방아쇠를 당기고 싶었을 만큼 – 간절했던 한마디.
이대로 사라지고 싶다던 말.

하지만 애써 아무것도 모른다는 얼굴로 되물었다.

"뭐?"
"활주로에 누워서… 혼자 중얼거렸잖아. 눈물 또르르 흘리면서."

재이는 드물게 얌전한 얼굴로 리사의 말을 기다렸다.
리사는 말을 고르고 고르다가, 천천히 내뱉었다.

"내가… 그랬어?"

그 말에 재이가 옅게 웃었다. 그리고 시선을 내리깔며 말했다.

"뭐, 너는 몰라도 나는 기억하니까. 그게… 내내 궁금했어. 언젠가 기억나면, 얘기하고 싶을 때, 그때 얘기해 줘."

리사는 긍정도 부정도 하지 않은 채, 모르는 척 고개를 돌렸다. 그러나 머릿속은 너무나 복잡했다.
우선, 대체 재이가 그 순간 어디서 자신을 지켜보고 있었는지가 궁금했고, 그다음으로는 좀처럼 누군가에게 내보이지 않는 감정적인 순간을, 그것도 하필이면 이런 허깨비 같은 사람에게 보였다는 것이 너무나 수치스러웠다. 그 '약점'을 어디선가 유출하거나 써먹으려 하진 않을까 하는 불안도 들었다.

하지만 그와 동시에 궁금했다는 재이의 그 말이, 지금의 눈빛과 제스처가 너무 진짜 같아서 저도 모르게 마음이 철렁했다.

궁금함이라는 말을 리사가 마지막으로 마음에 새겼던 것 역시, 재이와의 마지막 대화 때문이었다. 자신의 근사하던 옛 연구소장 사무실에서, 몇 번이고 뼈아픈 후회와 함께 다시 되새겼던 그 순간.

약 2년간 자신이 재이를 미친 듯 쫓으며 보냈던 시간은 지금 그가 말하는 '궁금함'과 얼마나 다른 마음이었을까.

생각이 거기까지 미치자, 리사는 의식적으로 크흠 하고 헛기침을 했다. 재이가 호기심이 가득해진 표정으로 리사의 얼굴을 바라보았다. 살짝 마음이 조급해진 리사가 말했다.

"그, 그래서… 니 친구를 확실히 잡게 해 주겠다 이거지."

갑작스러운 화제 전환에, 재이가 오히려 빙긋 웃었다.

"그래. 그래서, 넌 어떻게 할 건데?"

리사는 이상하게 심장이 울렁거리는 느낌이 들었다.

어쩌면 또다시 이 교활한 사람에게 속는 게 아닐까? 지금의 이 신체 반응이 그런 미래를 나에게 알려 주는 신호는 아닐까?

"딱…… 일주일이야."

그러나, 그럼에도 리사는 그와 동시에 느껴지는 강렬한 끌림을 따르기로 했다.

이 역시 성공에 대한 집착이 본능으로 진화한 자신의 감일지도 모른다고 믿으면서. 내 전화 한 통이면 당장이라도 목숨을 잃을 수 있는, 제 발로 호랑이 굴에 걸어 들어온 이 여자 하나를 통제하지 못할 리가. 말이 안 되지. 하이 리스크, 하이 리턴. 이번에야말로 확실히 만회할 것이다. 이건 기회야, 기회. 리사는 강박적인 어조로 되뇌며 애써 위악적인 표정을 만들어서 얼굴 위에 덧붙였다.

"그 안에 니 친구 못 잡으면…… 다 끝이고. 알아들어?"
"물론이지, 잘 부탁해."

재이가 그럴 줄 알았다는 듯, 빙긋 웃으며 악수를 청하듯 손을 내밀었다.

리사는 그 손을 한번 노려본 뒤, 끝내 잡지 않았다.

*

그날 밤, 리사와 재이는 리사 방의 캘리포니아 킹사이즈 침대에 함께 나란히 누워 있었다.

이유는 간단했다. 서로를 믿지 못하기 때문이었다.

리사는 재이가 언제 도망가거나 몰래 새로운 음모를 꾸밀지도 모른다고 생각했고, 재이도 리사가 언제 마음을 바꿔 노아에게 자신을 팔아넘길지 모른다고 생각했다.

그래서 공동의 목표인 시안을 잡는 이 짧은 기간 동안, 어쩔 수 없이 딱 붙어 있어야 했던 것이다. 서로를 전혀 믿지 못하는 만큼, 이 부분만큼은 다른 방법이 없었다.

한편, 재이는 구름에 뜬 것 같은 무중력 메모리폼에 리클라이너 기능까지 있는 초호화 침대 위에 누워서, 자신이 여기까지 들어올 수 있었다는 사실에 조용히 감탄하는 중이었다. 사실 처지를 생각하면 반쯤 인질 상태고 언제 죽어도 이상하지 않은 상황이지만, 그게 뭐가 중요하단 말인가.

물론 일하면서 그동안 많은 부잣집을 다녀 보긴 했다. 하지만 그 집들은 사실 모두 이 집의 모조품이었다는 생각이 들 정도로 진짜 부자의 아우라는 역시나 남달랐다. 그 대단한 호라이즌 3세의 자택이 아니던가.

안타깝게도 이 집의 주인이 가구의 실용성에 대해 쥐뿔도 모르는 관계로 오로지 예쁘다는 이유로 멍청한 양가죽 소파 따위를 사들여 버렸고, 그 외의 가구들도 꽤 편차가 심하긴 했지만 어쨌거나 특유의 고집스러운 미감으로 자기 마음대로 각종 희귀, 한정 제품들을 모아 놓은 컬렉션이 거의 2020년대의 빈티지 제품들을 한데 모아 놓은 컬렉션 숍을 방불케 했다.

물론 이 집을 내가 관리하고 청소해야 한다고 생각하면 골치가 아팠겠지만, 지금은 그런 처지가 아니니까…라고 생각하는 순간, 옆에서 슬리핑 미스트를 뿌리고 안대까지 끼고 있던 리사가 조용히 혼잣말하듯 말했다.

"아, 그러고 보니까 니가 여기 있는 동안 가사 도우미는 못 부르겠네. 들키면 안 되잖아, 누구한테도."

"…에엥?"

"성실하게 일 잘한다며. 니 전문 분야니까 뭐. 부탁해."

리사의 오히려 차분한 말투에 약이 오른 재이는, 안대를 끼고 있는 리사의 얼굴 앞에다 주먹을 대고 흔들며 입 모양으로 욕을 했다.

그러자 리사가 다시 한번 말했다.

"야, 다 보이거든?"

"…쳇."

재이가 혀를 차며 다시 리사의 옆에 누웠다. 그러다가 문득 말했다.

"그러고 보니까, 넌 괜찮아?"

"또 뭐가."

"넌 아무렇지도 않냐고."

"뭐가아."

"너희 아빠가 진짜 그런 짓을 한 사람인… 거잖아."

"상관없어."

"진짜?? 괜히 센 척하지 말고."

"그러고도 남을 인간이라는 건 내가 제일 잘 알아. 나한테 물려줄 게 있는 사람이니까…… 감수하는 거야."

재이가 잠깐 생각하는 듯하더니 대답했다.

"흠… 그래, 뭐, 실용적으로 생각하면… 그럴 수 있겠네."

"……"

리사가 이젠 정말 잠들 수 있겠다고 생각하며 가만히 잠을 청했다.

그때, 또 재이가 입을 열었다.

"근데, 그거 좀 슬프다."

리사는 슬슬 짜증이 나서, 볼멘소리로 대꾸했다.

"슬플 것도 많다."
"그리고 그런 사람인 줄 알면… 그냥 그렇게 놔둬도 되는
거야?"

한가한 소리에 한숨이 절로 나왔다. 리사는 아무 대답도
하지 않았다. 그리고 생각했다.

노아는 태어났을 때부터 지금까지 내 세상의 모든 것을
다 쥐고 있는, 사실상 신과 같은 존재였다고. 거역할 수도, 빠
져나갈 수도 없는. 그냥 내 세계의 신은, 원래 악한 존재인 거
야. 여긴 그래야 살아남을 수 있는 세계야. 나는 그렇게 믿은
지 벌써 오래됐다고.

"도움 필요하면, 언제든 말해."

재이가 귓가에서 묘하게 거슬릴 정도로 다정한 목소리

를 내며 속삭였다.

"난 너 안 믿어."

리사는 최대한 차갑게 대답했다.

그러자 재이가 피식 하고 바람 빠지는 소리를 냈다. 뭐가 웃기다는 건지. 그러더니 혼자서 재잘대기 시작했다.

"사모님… 그게 마지막으로 재생한 기억이었거든. 그다음엔 다 상상이었어. 자기 남편 죽이는 생각을 참 많이도 했나 봐. 그러다가 진짜 남편을 죽인 거고. 정말 니가 발명한 물건이 사모님을 부추긴 걸까?"

"…애초에 죽을 짓을 한 놈들이 잘못한 거지."

"그러게. 어쩌면 사모님은 니 발명품이 고마웠을지도 몰라. 비록 그렇게 됐지만… 계속 그 상태로 사는 것도… 고역이었을 것 같아서."

그 말을 마지막으로 재이가 드디어 잠들 결심을 한 듯 리사로부터 등을 돌려 누웠다.

재이가 몇 번 몸을 뒤척이는 동안, 리사는 천장을 향해 똑바로 누운 채로 가만히 있다가 두껍고 폭신한 수면 안대 위로 천천히 눈을 떴다. 온통 깜깜해서, 아무것도 보이지 않았다. 너무 피곤했는데, 그래서인지 오히려 잠이 올 것 같지 않았다.

내가 혹시 지금 뭔가를 잊고 있나?

그런 막연한 불안감이 묘하게 리사의 전신으로 퍼져 나갔다.

결국 재이가 쌔근쌔근 자는 소리를 내내 들으면서 리사는 한숨도 자지 못하고 뜬눈으로 새벽을 맞이했다.

지루한 불면의 상태를 버티다 못해 시계를 보니 5시 반. 재이는 아직 곤히 잠들어 있었다.

아무래도 잠들기는 글렀고, 차라리 잠시 목욕이라도 해야겠다는 생각에 리사는 욕실로 가서 따뜻한 물을 받고 좋아하는 라벤더향 입욕제를 아낌없이 투하했다.

욕조에 몸을 담그자 나른해지면서 드디어 조금 긴장이 풀리는 것 같았다.

그런 와중에도 머릿속에는 지난밤 재이가 했던 말들이 떠다녔다. C의 사건 현장 사진과 N의 자살 현장 보도 내용도 어지럽게 눈앞에 아른댔다. 역시 그런 물건을 만들지 말았어야 했나. 내 잘못인가. 내 잘못일지도. 아냐, 아닐 거야. 그게 내 잘못은 아니잖아…

정신을 차려 보니, 어느새 저도 모르게 그대로 잠들어 있었다.

다급히 시간을 확인해 보니, 7시.

그 순간 제일 먼저 머릿속에 떠오른 것은, 재이였다. 혹시 그사이에 도망갔으면 어떡해?

첨벙 물소리를 내면서 자리에서 일어서는데, 그때 벌컥 문이 열렸다.

뜻밖에 향긋하고 진한 커피 향이 화장실을 가득 채웠다.

어제 자신이 대충 꺼내 준 낡은 잠옷 차림으로 쟁반에 커피잔을 담아 온 재이였다.

리사는 잠이 덜 깬 와중에도 아무것도 걸치지 않았음을 깨닫고 황급히 몸을 가리며 다시 욕조에 풍덩 주저앉았다.

재이가 쿡 웃음을 참으며 다가와 욕조 옆에 놓인 사이드 테이블에 커피잔과 받침을 올려놓았다.

"야, 역시 이 집은 뭐가 달라도 다르네… 뭔 커피 메이커가 종류별로 다 있어?"

"……"

"사실 난 알루미늄 모카포트를 제일 좋아하는데, 너무 골동품이라 요즘 거의 못 봤거든. 오랜만에 그걸로 내려 봤어. 오래 쓰면 알루미늄이 나온다고 몸에 안 좋다 어쩐다 하는데 난 이 맛이 그렇게 좋더라. 그게 알루미늄 맛인가?"

재이가 실없는 소리를 하면서 쿡쿡 웃었다.

리사는 대답하지 않고 슬쩍 고개를 돌렸다.

"너무 오래 있어서 몸 다 불었겠다. 천천히 나와. 어디 안 갈 테니까."

재이가 그 말을 남기고 밖으로 나갔다.

리사는 잠시 재이가 가져온 커피잔을 노려보다가, 살짝 입을 대고 조심스럽게 한 모금을 마셔 보았다. 언제나 마시는, 이젠 극소량만 생산되는 파나마 게이샤 원두였다. 하지만 확실히 뭔가 평소와 다른 풍미가 살짝 혀끝에 느껴졌다. 기분 탓일까?

쩝 소리를 내며 입 안에 가득 찬 커피의 맛을 조금 더 음미하며 앉아 있다가, 리사는 정신을 차리려는 듯 황급히 자리에서 일어났다. 그러곤 좋아하는 우드 향 샤워 제품으로 온몸을 구석구석 씻어 내기 시작했다. 겨우 몇 시간 선잠을 잤을 뿐이지만 피로도 함께 씻겨 내려가는 기분이었다. 사이드 테이블에서 커피가 천천히 식어 갔다.

수건으로 머리를 털며 밖으로 나와 보니, 재이가 식탁 의자에 무릎을 세우고 앉아 커피잔을 홀짝이고 있었다.

"커피 마셔 봤어? 어때, 진짜 다르지? 야, 원두가 좋아서 그런가……."

재이가 호들갑을 떠는데, 리사가 차갑게 말을 잘랐다.

"안 마셔서 몰라. 욕실 안에 있는 거 치워 줘."

그 말에, 재이가 입을 삐죽이며 자리에서 일어섰다.
그러는 동안 리사는 자기 방에서 휴대폰을 확인했다.

회장님 소집 회의. 오늘 오후 1시 호라이즌 본사. 참석 필.

오랜만에 보는 태오로부터의 메시지였다.
리사의 가슴이 벌써 꽉 조여 왔다.

그러는 동안 달그락 소리를 내며 화장실에 두었던 리사
의 잔과 자신이 마신 잔까지 순식간에 설거지를 끝낸 재이
가 리사의 방문 안쪽을 들여다보며 물었다.

"왜, 무슨 일 있어?"

재이의 그 천진난만한 표정이, 어쩐지 리사는 너무나 거
슬렸다.

*

잠시 뒤, 재이는 매우 불만족스러운 표정으로 리사를 노려보며 툴툴댔다.

"이렇게까지 해야 해?"
"어, 난 널 못 믿거든."

재이의 목을 노리는 뱀파이어라도 되는 듯, 그 목에 얼굴을 딱 붙이고 정신을 집중하던 리사가 비로소 만족스러운 얼굴로 멀어지며 말했다. 그의 맥박이 뛰는 목 옆쪽, 바로 위에다 작은 스티커를 붙인 것이다. 초소형 GPS 위치 추적기였다.

"몰래 붙일 수도 있었는데, 알려 주는 걸 고맙게 생각해."
"니네 같은 대기업은 이런 걸로 사람들 추적하고 그러는구나."
"응, 떼면 바로 아버지한테 신고 들어가게 해 놨으니까. 처신 잘해."
"내가 갈 데가 어딨다고 참나…… 어, 근데 나는 너 추적 못 해? 나만 당하는 거야? 너도 추적기 붙여야 공평하지!"

재이가 호소력 있는 눈빛으로 말해 봤지만, 리사는 알게 뭐냐는 듯 어깨를 으쓱하며 깔끔히 그 말을 무시했다.

너무 오랜만에 본사에 가는 거라 옷을 갖춰 입는 것도 오랜만이었다.

내키지 않는 얼굴로, 무채색 정장을 위아래로 입고 길을 나서는 리사를 재이가 현관까지 쫄래쫄래 따라왔다.

"가서 얘기 잘하고 와."

"넌, 집에서 놀 것처럼 말한다? 밤까지 성과 보고해. 일주일이 니 생각만큼 길진 않을 테니까."

"옛썰!"

부하 직원 대하듯 딱딱하게 말하는 리사에게, 재이가 장난스럽게 경례를 붙였다.

리사는 못 미덥다는 듯 그 모습을 흘겨보면서 휴대폰을 켜서 재이의 몸에 붙인 GPS가 잘 작동하는지를 확인했다. 지도에 반짝이며 빛나는 빨간 점이 지금 이 집의 위치를 표시하고 있었다. 조금 안심되는 듯 다시 한번 재이를 흘끗 바라본 뒤, 리사는 천천히 집을 나섰다.

주차장에 세워 둔 아우디 컨버터블 운전석에 앉으며 시동을 걸고 있자니, 어제 공항에서 재이를 만나 집까지 달려온 지 겨우 하루밖에 지나지 않았다는 것이 조금 이상하게 느껴졌다.

호라이즌으로 가는 도로는 언제나처럼 수많은 차로 꽉 막혀 있었다.

지나치게 낭만적인 음악이 흘러나오는 라디오를 끄고 리사는 차분히 생각을 정리했다.

재판이 시작된 이후 아버지를 처음으로 직접 만나는 자리였기 때문이다.

임원의 아내를 태연히 강간하는 아버지.

당연하다는 듯 나를 때리는 아버지.

성공의 화신인 아버지.

자신이 저지른 일이 담긴 랜드스케이프 기억으로 협박을 받고 나를 찾아와 화풀이한 아버지.

돈을 주고 일을 무마한 뒤에도 아무것도 알려 주지 않은 아버지.

사람들이 다 내 탓을 할 때 조금도 도와주지 않은 아버지.

자기 재판만이 가장 중요했던 아버지.

결국 다시 살아 돌아온 아버지. 절대로 사라지거나 죽지 않는 아버지…… 절대, 절대로…….

그리고 그런 그에게 어떻게든 아부하고 잘 보여서 그 권력과 부를 물려받으려고 아등바등 평생을 살아온 나…….

아무렴 어떤가.

그 어떤 것도 내 잘못은 아니다. 아니니까.

나는 아무 일도 없었다는 듯이 자연스럽게 그의 비위를 맞추고, 언제나처럼 최선을 다해 입을 다물 것이다.

모든 게 다 뒤죽박죽 섞여 버리는 기분이었지만, 리사는 애써 마음을 다잡았다.

*

노아, 리오, 태오와 그 사이 태오의 밑에서 일하며 눈빛이 제법 달라진 하나까지. 그야말로 최측근들만 모인 자리였다.

넓은 노아의 회장실이 오늘따라 휑하게 느껴졌다. 리사는 별생각 없이 깔고 앉은 가죽 의자를 만지작거리다가 문득 재이를 생각했다. 이 가죽은 무엇으로 만들어진 걸까. 그 시끄러운 계집애는 이걸 보고 또 뭐라고 할까. 좋아할까? 싫어할까……?

그때 굵직한 목소리로 노아가 말했다.

"다시 한번 분위기를 다잡을 때가 아닌가 해서. 다들 얼굴 본 지도 오래됐고."

"네, 아버지."

리오가 특유의 재수 없는 톤으로 대답했다. 리사는 잠자
코 있었다.

"리오는 모터스 본부장 한 지도 오래됐으니, 슬슬 대표이
사로 자리를 옮길까 한다."

"어, 저 IT로 가는 거 아니었어요?"

리오가 황급히 되물었지만, 아버지는 대답하지 않았다.

머리도 나쁘고 노는 것만 좋아하는 주제에 아직도 감히
그 꿈을 꾸고 있었다니, 리사로선 황당할 따름이었다. 모터스
정도 먹고 떨어지라는 거면 고마운 줄 아셔야지…

"그리고 리사는… 재판이 잘 마무리되었으니 지난 일에
대해 더 묻진 않겠다."

"…감사합니다."

리사가 노아를 향해 깊이 고개를 숙였다. 잠시 침묵이 이
어졌다.

리오가 불쾌하다는 듯 리사를 쏘아보는 시선이 느껴

졌다.

"연구소로 다시 갈 필요는 없을 것 같고… 일단 IT 임원으로 복귀할 준비를 했으면 했는데……."

했는데……?
뜻밖에 기다리던 말을 듣게 되나 싶었는데, 마지막 단어가 발목을 잡았다.

"요즘 이상한 소문이 들리는구나."
"어떤 것 말씀이시죠?"
"다크웹에서 기억 장사하는 애들이 하나둘 사라지고 있다는 소문."

별수 없이, 또 한 번 리사의 머릿속에 재이의 얼굴이 가득 찼다.
미워 죽겠고, 도무지 종잡을 수 없는 존재이지만─ 그가 지금 자신의 유일한 동아줄인 것 역시 사실이었다. 인정하기는 싫지만.
리사는 천천히 입을 열었다.

"아, 네… 저도 들었습니다."

"그런 소문 때문에 헤비 유저들이 소극적으로 돌아서기라도 하면 바로 매출은 곤두박질 칠 거다. 그러고 나면 이 말 많고 탈 많던 제품을 그나마 계속 팔게 했던 동력도 사라지겠지."

그러니까 그 장사하는 놈들을 잡자는 게 아니라 그 놈들이 죽어 나가는 게 문제라는 거군요. 문제가 많고 탈이 많았던 것은… 애초에 누구 행실 때문이었게요?

리사는 속으로 가만히 생각하면서 말했다.

"…안 그래도 알아보는 중이었습니다. 확실한 방법이 있습니다. 곧 해결하겠습니다."

"좋아."

리사가 절대로 빈말은 하지 않는 사람이라는 것을 알기에, 아주 희미하게 노아의 얼굴에 반가움이 스쳤다. 그가 한마디를 덧붙였다.

"시간이 별로 없을 거야. 너도 알지?"

리사가 무겁게 고개를 끄덕였다.

이어서 태오가 새로운 안건을 꺼냈다.

"오늘 올라온 영상인데요. 가장 구독자가 많은 IT 계열 스트리머의 계정입니다. 얼마 전에 나온 4세대 라이프 랜드 스케이프의 실제 리뷰 영상을 1세대 때의 것과 비교를 했는데…"

타닥 하고 키보드를 치는 소리와 함께 화면에 캡처 화면이 표시되었다.

두 장의, 언뜻 보기엔 거의 똑같아 보이는 도심 풍경 사진이었다.

태오가 다시 한번 엔터키를 치자, 그제야 숨은그림찾기라도 하듯 사진에 표시된 동그라미 두 개가 떠올랐다.

지나가는 버스의 광고와 전광판의 뉴스였다.

1세대 버전에는 내용이 상세하게 표시되어 있던 것이, 지금의 4세대 버전에선 뿌옇게 지워져 있었다.

"이렇게 서로 조금 다른 부분들이 있어서요. 댓글들이 조금 소란스러운데, 덕분에 나름 화제가 되기도 해서… 그냥 내버려 둘지, 조처를 하는 게 좋을지…"

다시 한번 태오가 키보드를 치자, 이번에는 댓글 모음이 표시되었다.

- 광고랑 뉴스가 없어졌네.
- PPL처럼 내용을 입히는 거면 또 모르겠는데 없애는 건 뭐야?
- 근데 난 저 회사 로고 처음 봄. 뭔지 알려 주실 분?
- 앞으로 PPL을 받아서 저런 데다 추가하려는 거 아닐까?
- 단순 오류 아님? 아님 그사이에 뇌가 늙었나? 그럴 수도 있는 거 같은데?

노아가 으음 소리를 내며 진지하게 그 내용을 훑어보았다. 다른 이들은 모두 조용히 눈치를 보며 그의 결정을 기다리고 있었다.

"지금은 입장 발표 보류. 하지만 언젠가는 필요할지도 모르니까 몇 가지 내용으로 시뮬레이션 돌려서 다음 주까지 나한테 가져와."

태오가 깊이 고개를 숙였다.
그걸로 그날의 안건은 끝이었다.
곧 노아가 손짓 하나로 나머지 사람들을 모두 물러가게 하고, 리사와 둘이 남았다.
노아가 그답지 않게 잠시 뜸을 들이다 말했다.

"이제 일이 좀 정리됐으니… 키워드 하나 추가하지."

그러곤 테이블 위로 메모지 한 장이 올라왔다.

리사가 슬쩍 펼쳐보니, 딱딱한 고딕체로 "기대해, N."이라는 문장이 적혀 있었다.

"……아, 네."

리사가 한동안 잊고 있던 일이, 아버지에 의해 다시금 상기되었다. 리사는 그 메모를 받아 주머니에 넣었다. 그 일을 끝으로, 무사히 호라이즌 회장실의 문을 닫고 나올 수 있었다.

길게 뻗은 복도에 구두 굽 소리를 내며 리사는 긴 한숨을 쉬었다.

그때 화장실에서 불쑥 하나가 나왔다.

반가운 한편 놀란 마음에 리사가 걸음을 멈추자, 하나가 가볍게 눈인사를 하며 다가왔다.

"얼굴 뵈니 좋네요."

그저 인사를 하고 싶었던 것 같아, 리사도 그에 호응하며 엘리베이터를 향했다.

"나도 그러네. 힘든 건 없고?"

"네, 뭐……."

그렇게 나란히 걷자니 늘 듬직했던 하나와 함께하던 때
가 조금 그리웠다. 하지만 그랬다면 지금처럼 재이를 집에 숨
겨 두지 못했을 것이다. 그 이름을 떠올리자, 삽시간에 리사
의 마음 한구석이 조금 불안해졌다. 도통 믿을 수 없는 사람
이니까.

하나가 주차장까지 배웅을 하겠다며 엘리베이터 앞에
함께 섰다. 리사는 빨리 휴대폰으로 재이의 위치를 확인하고
싶은 마음뿐이었지만, 티 내지 않기 위해 안간힘을 썼다. 하
나는 상사가 된 태오가 무척 깐깐하다는 것과, 오늘 회의 안
건으로 올라왔던 스트리머의 동영상 중에 재밌게 본 것에
대해 조잘조잘 떠들어 댔다. 귀에 들어오지 않았지만, 리사
는 열심히 듣는 척을 했다.

드디어 지하 1층에 엘리베이터가 도착했다. 리사가 내리
려는데, 하나가 리사를 향해 허리를 깊이 굽혀 인사하더니
말했다.

"개인적으로 소장님께 정말 감사한 마음 갖고 있어요.
이 말씀, 꼭 한 번 드리고 싶었거든요. 오늘이 기회인 것 같
아서요. 그럼."

뜻밖의 말에 당황한 리사가 뭐라고 대답하기도 전에, 곧 엘리베이터의 문이 닫히고 말았다. 분명 더할 나위 없이 좋은 말이었는데, 묘하게 뒷맛이 이상했다.

내가… 이런 말을 들을 정도로 그렇게… 잘해 줬나?

골똘히 생각하면서 차를 향해서 천천히 걸어가다가, 그제야 생각이 나서 황급히 휴대폰을 꺼내 지도를 확인했다. 빛나는 빨간 점은 여전히 지도 속 자신의 집에서 반짝이고 있었다.

일단은, 빨리 집에 돌아가고 싶다는 생각뿐이었다.

4.
리사는 있고 싶다

리사가 돌아왔을 때, 집 안은 이상하리만큼 조용했다. 꼭 텅 빈 것처럼.

이미 GPS 어플을 확인하고 왔지만 그래도 불안한 생각이 들어 살짝 숨이 가빠지려는데, 그때 시선 끝에 재이가 소파에 누워 자는 것이 보였다. 리사는 그제야 안도의 한숨을 내쉬면서 그 옆에 털썩 걸터앉았다.

그리고 잠시 그 옆에 앉아서 기다렸다. 드물게 평화롭고 아무 일도 일어나지 않는 시간이었다. 하지만 30분이 지나도 깨지 않자, 리사는 장난기가 생겨서 재이의 짧은 머리카락을 쓰다듬으면서 귀에 속삭였다.

"뭐야, 양가죽이 어쩌고 그렇게 욕하더니 잘만 자네?"

재이가 깜짝 놀라더니 얼굴을 찌푸리면서 몸을 일으켰다. 그래도 불평은 하지 않았다.

"아, 그거랑은 별개지… 지금 왔어?"
"30분도 더 됐거든. 뭐 좀 알아냈어? 종일 잠만 잔 거 아냐? 이제 아주 CCTV도 설치해 놔야겠어."

리사가 일부러 볼멘소리를 하는데, 재이는 상쾌하게 기지개를 켜며 대답했다.

"아이, 나는 엄청나게 많은 일을 했지… 자, 이거 봐."

그러곤 태블릿을 꺼내더니, 보안이 무척 철저하기로 유명한 러시아제 메신저를 열었다.
이용자 a9783079와의 대화 내용이었다. 굳이 말해 주진 않았지만, 당연히 상대는 시안인 것 같았다.

– 야 잘 살아 있냐? 넌 내가 살아 있는지 궁금하지도 않아?
– 니가 어디 가서 쉽게 죽을 캐릭터는 아니라서.
– 그 소문… 심장마비. 니가 한 거 맞아?
– 왜 물어봐?
– 어떻게 했어?

- 그게 왜 궁금한데?

- 에이 니가 한 거 아니구나? 우리랑 경쟁하던 걔들인가 보네. 괜히 물어봤다. 미안〜

아무렇지도 않게 스윽, 자존심 긁기. 재이의 소소한 잔재주 중 하나였다. 그게 먹혔는지, 금방 파일이 하나 전송되어 왔다. 리사가 궁금해하는 표정을 짓자, 재이가 대신 클릭한다.

동영상이 재생된다.

누군가의 방, 처음엔 벽을 비추는 카메라. 점점 시선이 아래로 떨어지며 기절한 듯 힘없이 누워 있는 여성의 육체를 비추려는 순간, 갑자기 화면에 2D로 그려진 장난스러운 캐릭터가 가득 찬다.

몇십 년 동안 유행 중인, 공격 시에 전기를 내뿜는 귀여운 노란색 캐릭터다. 곧 파지지직, 크고 작은 전기 무늬가 비처럼 쏟아져 내리고, 전류가 흐르는 소리가 귀를 찢는다.

"푸하하, 대박이지?"

곁에서 재이가 혼잣말을 덧붙이곤, 화면을 스크롤하며 리사에게 대화 내용을 계속 보여 준다.

- 와, ㅅㅂ, 이게 뭐임!? 진짜 전기를 쏘는 거야?
- 응. 장갑에 고압 전류를 흐르게 해 놨어. 죽이는 파일이 있는데
  거래하고 싶다고, 일단 한번 보라고 자칭 다크맨이라는 새끼한
  테 보냈지. 그 새끼 피해자만 50명이 넘었어.
- 와… 진짜 죽이는 파일이네…ㅋㅋㅋ
- 큭. 이것도 있어.

그 아래에, 전송되어 온 파일이 하나 더 있다.

또 동영상이 재생되면, 이번에는 칼을 들고 있는 손- 침
대 위에 묶인 신원을 알 수 없는 작은 몸이 보이고.

점차 화면이 그쪽으로 다가가다가… 팔의 주인이 칼을
휘두르는데, 다음 순간- 그 칼이 속옷만 입고 있는 자신의
배로 향하고 서걱, 썰리는 소리와 함께 피가 튄다. 이윽고 다
시 슥, 뽑히더니 그다음엔 가차 없이 가랑이 쪽을 향하는
데…!

리사가 눈을 찌푸리는 순간, 거기서 동영상이 끝난다.

- 이야, 이건 어떻게 하는 거야??
- 허그 슈트를 입은 상태면 물리적으로 충격이 가게 설계했어. 똑
  같이 잘라 내진 못해도 결국 아파서 뒤지는 것 같더라. 고글 착
  용만 했을 때도 뇌에서 고통을 느끼는 부분을 자극하도록 세팅

해 봤는데, 아직 그걸로 죽은 놈은 못 봤어. 아깝지.

　－ 이걸 다 의뢰받아서 만든 거라는 거지? 그 사람들이 돈 많이
　　줘?

(25분간 a9783079의 답이 없다.)

　－ 언니야… 시안 언니! 시안아!!

　－ 무슨 속셈이야?

　－ 속셈은 무슨! 서운할라 그러네, 진짜.

　－ 내가 이런 일 하는 거 싫어했잖아. 돈 떨어졌어?

　－ 돈은 예전에 떨어졌어!! 알면서 왜 그러냐?

(다시 13분간 a9783079의 답이 없다.)

　－ 나 진짜 더는 못 버티겠어… 언니야… 시안아. 나 좀 살려 줘…
　　일단 좀 만나면 안 될까?

(1시간가량이 지난 뒤에)

　－ 나만 엮인 게 아니라서. 다시 연락할게.

"오늘은 일단 여기까지."

　재이가 자랑스러운 듯 눈을 빛내며 리사의 눈치를 살
폈다.

　리사는 재이의 손에서 태블릿을 건네받아, 대화의 처음
부터 다시 눈으로 훑으면서 말했다.

"뭘 자랑스러워하는 거야? 아무것도 된 게 없구만."

"원래 좀 츤데레라서 그래. 분명 넘어온다."

재이가 다시 한번 확신에 찬 얼굴로 끄덕였다.

리사로서는 도무지 이해되지 않는 확신이라 오히려 웃음이 나왔다.

"근데…… 니 친구 정말 대단하네."

"뭐, 그렇긴 하지. 근데 애초에, 니가 이 라이프 랜드스케이프라는 걸 만들었잖아. 그러니까 이런 것도 할 수 있는 거야."

흐음. 리사가 가볍게 어깨를 으쓱했다.

"이제 내일이나 모레쯤, 진짜 깊은 밤중에 내가 다급하게 연락해 볼게. 높은 확률로 먹힐 거야. 지금 죽게 생겼다고 하면 아마 알려 줄걸? 맘이 약해요, 얘가 또."

"정말 그런다고?"

겉으로 드러나는 것과는 다른, 애정과 우정을 기반으로 한 고유의 커뮤니케이션 방식이 어딘가에 존재한다는 사실을 리사는 아직도 진심으로 믿기가 어려웠다.

"아, 일단 맡겨 봐."

리사가 별 수 없다는 듯 끄덕이며, 다시 한번 아까 그 동영상을 재생해 보았다.

지지지지직- 마치 만화영화의 효과음 같은 소리를 들으면서, 죽이는 포르노를 볼 기대에 들떠 있다가 100만 볼트에 감전되어 진짜 죽는 사람들의 모습을 머릿속에 떠올려 보았다. 그런 일들이 실제로 벌어지고 있다는 게, 처음부터 끝까지 어딘가 일그러진 농담처럼 느껴졌다.

근데, 누가 진짜 잘못한 거야……? 지금 우리가 하려는 그 일이, 그게 맞아?

지금 곁에 있는 재이에게라도 묻고 싶었다.

하지만 리사는 곧 마음을 고쳐먹었다. 그걸 판단하는 것은 자신의 몫이 아니었으니까. 언제나.

재이가 아무것도 눈치채지 못한 듯한 얼굴로 천진하게 물었다.

"넌, 오늘 회사에서 어땠어?"

"……뭐. 니 친구 잡는 게 나한테 도움이 될 것 같긴 해. 무사히 끝나기만 한다면 말이지만."

"다행이네, 걔를 어떻게 하면 움직일 수 있는지는 내가 젤 잘 아니까 걱정 마. 그럼 우리의 딜도 무사히 끝나는 거네. 그치?"

"그치……."

리사는 어쩐지 저도 모르게 말끝을 흐렸다.

"어휴. 이제 좀 두 다리 좀 뻗고 잘 수 있겠다."

자리에서 일어나며 혼자 중얼거리는 재이의 말에, 리사
는 문득 웃음이 나왔다.

그런 말하기엔, 너 잠 못 자는 모습을 보질 못했는데…
나보다 잘 잤으면서…….

"밥은 대충할 거야. 30분 있다 먹을 테니까 좀 쉬다가
나와."

그 덕분에, 그나마 조금 밝아지는 기분이었다.

리사는 알겠다고 대답한 뒤, 재이가 부엌에서 음식 준비
에 열중하는 뒷모습을 잠시 보다가 조용히 자기 방으로 들어
갔다.

*

그날 저녁, 리사는 모처럼 식사다운 식사를 했다.

언제나 마지못해 억지로 입에 쑤셔 넣는 딱딱하고 차가운 음식들로 때웠는데, 오늘의 식사는 무엇보다 따뜻했고, 종류도 다양했고, 심지어 가볍게 이야기를 나눌 상대도 있었다. 가족이 모여서 식사하는 법이 없었고, 10대 시절부터 혼자 살아온 리사에겐 매우 드문 일이었다.

재이가 만들어 준 음식은, 낮에 미리 배달받아 둔 각종 채소와 재료들을 다 쓸어 넣은 카레였다. 한 입을 먹자마자 리사는 재이의 말이 전부 다 거짓은 아니었다는 것을 깨달았다. 가사 도우미로서의 솜씨가 제법이란 생각이 들었던 것이다. 인정하기는 싫었지만.

정작 리사 자신은 공부와 일에만 열중해 왔다는 핑계로, 제대로 요리해서 스스로를 먹이는 법을 전혀 알지 못하고 있었다. 그래서인지 가사에 능한 사람들이 솔직히 가끔 신기했다. 화장실 곰팡이가 안 생기게 관리하는 노하우나 채소를 낭비 없이 손질해서 오래 보관하는 법, 옷에 진 얼룩을 말끔하게 지우는 팁이 리사에겐 없었다. 늘 누군가가 해 주었기 때문이기도 하다. 무인도에 떨어지기라도 하면, 아마 절대로 살아남지 못할 것이다.

하지만 이 여자는, 어떻게든 살아남겠지. 분명. 어디서

든…… 사막 한가운데에서라도, 지옥에서라도.

리사는 혼자 그런 생각을 하며 재이가 만들어 준 된장국
을 훌짝 마셨다.

"맛있지?"

재이가 물었다. 리사는 대답을 하는 대신, 희미하게 웃어
보였다.

그러자 재이가 말 안 해도 다 알겠다는 듯 빙긋 마주 웃
었다.

역시나 오만하고 밉살스러운 태도였지만, 어쩐지 그 표정
을 보는 것이 좀 덜 거슬린다고, 리사는 생각했다.

따뜻한 음식을 배불리 먹고 나니, 곧 잠이 쏟아져 내렸
다. 전날 통 잠을 못 자기도 했고, 오랜만에 회사에 가서 아
버지를 만나고 왔기 때문인지 피로가 벼락처럼 내리치는 기
분이었다. 리사의 눈꺼풀이 조금씩 무거워졌다.

재이가 그런 리사의 상태를 눈치챘는지, 침실을 정리하
고 잠옷을 개어서 가져다주었다.

"눈 좀 붙여."

차마 저항할 수 없는 달콤한 유혹이었다. 리사는 더 생각할 틈도 없이 잠옷을 받아 들었다.

까무룩, 잠에 빠지자마자 리사는 미처 다 기억할 수 없는 그립고 슬픈 꿈속에서 한참을 헤매었다. 낯익은 얼굴들이 영원히 알 수 없는 말을 하며 멀어져 가고, 그러고 나면 마지막엔 꼭 공항에서 무언가를 향해 뛰는 꿈이다. 얼마 남지 않은 시간, 온몸을 지배하는 초조함과 싸우며 뛰고 뛰고 또 뛰다…… 결국엔-

휙, 몸을 일으키며 잠에서 깬 리사가 멍한 표정으로 고개를 두리번거렸다.

넓디넓은 침대의 반대쪽에 무릎을 세우고 앉아 있던 재이가 놀란 듯 이쪽을 돌아보았다.

"왜 이렇게 빨리 깼어?"
"……얼마나 잤어?"

재이가 자기 다리 위에 올려 둔 태블릿에 눈을 돌려 시간을 확인하더니 말했다.

"두 시간밖에 안 됐는데."
"좀 으슬으슬해. 방이 추운가?"
"아닌데. 열이 있나."

재이가 매트리스 위로 기어와서 리사의 이마를 짚어 보았다. 확실히 미열이라도 있는 건지, 리사는 그 손이 조금 시원하게 느껴졌다.

"살짝 열이 있는 것 같기도 하고. 이마에 물수건 좀 올려줄까?"

그렇게 말하며 재이가 재빨리 일어나려 하는데, 리사가 저도 모르게 옷깃을 붙잡았다.

재이가 돌아보자, 리사가 머쓱한 얼굴로 말했다.

"…아니, 그냥 여기 있어."
"……"

뜻밖의 행동에 잠시 분위기가 어색해졌다. 재이가 조용히 헛기침을 했다. 리사의 볼이 붉게 달아올랐다. 열 때문이겠지, 그런 걸 거야. 애써 생각하면서 괜히 이마로 흘러내린 머리카락을 한번 쓸어 올리는데, 재이가 자연스럽게 리사의 머리를 자신의 허벅지로 받치면서 가까이 와서 앉았다. 재이의 살결은 부드럽고, 말랑말랑한 데다 시원했다. 리사는 기분이 조금 좋아졌다.

"근데, 내 친구 잡기 전에 너도 복수 패치 주문하고 싶진 않아? 막 그렇게 찌르고 때리고 찢어서 죽여 버리고 싶은 사람 없었어?"

재이가 애써 장난스러운 목소리를 내며 물었다.

"…글쎄. 잘 모르겠는데."

어쩌면 재이가 기대하고 있는 답이 이미 있을 거라는 생각이 들었다. 괜히 한번 떠 보는 것일지도 모른다. 하지만 진심으로 리사는 별로 그런 생각을 해 본 적이 없었다. 조금 생각하다, 리사가 덧붙였다.

"사실… 그 패치 보고 좀 놀랐어. 일단 사람들이 그렇게 많이… 상상하면서 사는 줄도 몰랐고…"
"그래?"
"응. 어차피 현실이 되지도 않을 건데. 현실과 상상이 다르면 그만큼 힘들기만 하지 않나?"
"근데, 이젠 그게 진짜가 된다는 거잖아. 최소한 라이프 랜드스케이프에선. 그래서 대단하다고 생각해. 니가 의도했건 안 했건 간에."
"지금도 좀… 신기해. 얼마만큼 어떻게 상상을 하면 뇌

에 그렇게 새겨지는 거지? 그런 건 시간 낭비라고만 생각했
는데."

고개를 끄덕이며 리사의 말을 곰곰이 음미하더니, 재이
가 말했다.

"흐음… 그럼 넌… 그런 상상도 안 해 봤어? 가령……."
"……?"
"우리가 이렇게 지금처럼 한 침대에 누워 있는 상상. 어
쩌면 지금, 이 순간도 우리 둘 중 누군가가 죽어라 상상한
걸 랜드스케이프로 체험하고 있는 걸 수도 있잖아. 누가 알
겠어?"

조금 눈동자가 커진 리사가 놀란 얼굴로 재이의 얼굴을
마주 보자, 그의 얼굴에서 만연한 장난기가 들여다보였다.
어쩐지 맥이 탁 풀리는 기분이었다.

"……나 머리 아프니까 이상한 소리는 집어치워 줘."
"푸하핫."

볼멘소리 하는 리사의 얼굴을 보면서 재이가 맑게 웃
었다.

리사는 왠지 모르게 골이 나서 미간을 살짝 찌푸렸다. 그러자 재이가 긴 손가락을 뻗어 그런 리사의 이마부터, 콧잔등을 살짝 훑어 내려가며 말했다.

"난 상상 잘하는데. 자주 해. 나한테 배울래?"
"무슨?"
"음, 가령, 우리 둘이 몸이 바뀌는 상상이라든지……?"
"뭐어?"

조금 재밌기도, 조금 섬뜩하기도 했지만 어쨌든 그 순간의 리사는 웃어 버리고 말았다.

"번개가 치든, 초능력의 바람이 불든, 아무튼 어떤 엄청난 힘의 조화로 어느 날 갑자기 우리 둘이 몸이 바뀌는 거야."
"그런 초능력이 어딨어?"
"근데 그 사실을 모르는 너희 아버지가 나의 외형을 한 너를 죽이겠다고 잡아가는 거지."
"…하, 결국 그걸 바라는 거였군."

그러자 재이가 짐짓 진지한 얼굴로 고개를 가로저으며 말했다.

"아니, 만약에 그런 일이 생기면 난 무슨 수를 써서든 꼭 너 구할 거다. 내가 가진 거 전부, 목숨까지도 다 걸고서 꼭 구할 거야."

비장하게 말하며 재이가 리사의 두 눈을 지그시 쳐다보았다. 리사는 이 상황이 웃기면서도 이상하게 좀 발끝이 간지러워지는 기분이 들어서, 마주 본 눈을 피해 잠시 멍하니 벽지 무늬를 바라보았다. 그러곤 평소처럼 이성적이고 논리적인 목소리가 나올 때까지 기다렸다가 장난을 섞어 말했다.

"그건 애초에, 니가 가진 게 아니라 내가 가진 거 아닌가?"

"아무튼, 내가 너라면 그럴 거라고."

"결국, 날 구하는 게 아니라 니 몸을 구하는 게 되는 거네."

"그래, 그래."

"아니, 어차피 몸이 바뀔 일 같은 것도 없긴 하겠지만."

계속 한마디씩 덧붙이는 리사를 째려보던 재이가, 손바닥을 펴서 리사의 이마를 폭 감싸더니 아래로 천천히 내려서 눈을 감겨 주며 말했다.

"됐다, 됐어. 넌 평생 상상 같은 거 하지 말고 살어. 알겠냐? 그냥 자, 얼른⋯⋯."

리사는 혀를 차는 재이의 말투가 웃기기도 하고, 결국엔 자신이 이긴 기분이 싫지 않아서 눈을 감은 채로 헤헤 웃었다. 보기 드물게 해맑은 리사의 웃음에 재이도 어이가 없다는 듯 쿡 웃는 것이 느껴졌다.

아까도 시원하고 기분 좋았던 재이의 손이었지만, 어쩐지 더 정답게 느껴졌다.

*

몇 시간 뒤, 그날 새벽.

재이는 커다란 창문을 통해 들어오는 달빛에 의지해서 세상모르고 잠든 리사의 얼굴을 가만히 내려다보았다. 아마 지금 잠시 열이 나고, 몸이 아프기 때문이겠지만, 늘 경계심이 가득해서 목과 어깨가 돌처럼 굳어 있는 사람이 이렇게 말랑하게 녹아내린 모습을 보니 기분이 이상했다. 내가 이런 모습을 봐도 되나 싶을 만큼.

리사와 커다란 침대 위에 같이 누웠던 첫날을 포함해서, 사실 재이는 그의 곁에서 마음 편히 잠든 적이 없었다. 살기 위해, 의심을 피하려고 잠든 척했을 뿐이다.

두 사람이 처음 만났을 무렵, 리사가 했던 말을 재이는 아직도 기억한다.

"나는 언제든 당신의 인생 전체를 박살 낼 수도 있어요."

그건 과장된 수사이거나, 섣부른 협박이 아니라 있는 그대로의 사실이었다.

누구보다 그 사실을 잘 알기에, 재이는 지금의 이 도박이 얼마나 위험한지도 충분히 인지하고 있었다.

문득 낮에 잠시 연락을 나누었던 시안의 얼굴이 떠올랐다. 언제 어떤 상황에서도 놀라거나 무너지는 일 없이, 늘 돌부처처럼 단단한 그 얼굴이.

재이 자신의 목숨은 물론, 소중한 사람의 목숨까지 걸각오로 들어온 곳이기에, 한 치의 실수도 해서는 안 됐다. 그리고 할 수 있는 한 조금이라도 더 많은 패를 손에 쥐고 있어야만 했다.

그렇기에 리사가 잠시 가벼운 감기 증상을 보이며 고열에 시달리게 된 것은 재이로서는 더없는 행운이었다. 사실은 행운을 가장한, 비밀스러운 작전이었지만 조금의 의심도 받지 않고 리사를 푹 잠들게 만드는 데 성공했기 때문에- 역시나 행운이 맞았다.

재이는 최대한 천천히, 조심스럽게 몸을 일으켰다. 최고급 매트리스는 명성에 걸맞게 그런 상황에서도 흔들림 없이 리사의 몸을 받쳐 주었다.

방 한가운데에 선 재이는, 눈을 감고 새벽의 고요 속에서 거의 들리지 않을 정도로 아주 작게 바닥을 울리는 모터 소리에 귀를 기울였다.

그리고 붙박이 옷장의 문을 다가가 열었다. 리사의 얇은 봄가을용 트렌치코트와 셔츠가 두 벌 걸려 있었다. 팔을 뻗어 나무로 보이는 옷장의 안쪽 벽을 더듬다가 작게 튀어나온 스위치를 누르자 이내 안쪽의 벽이 열렸다.

짧은 복도를 따라 걸으려니 벌써 냉기가 느껴졌다. 아직 몸이 뜨거운 리사의 곁에 내내 붙어 있었기 때문인지 유독 더 선선하게 느껴졌다.

이내 넓은 방이 펼쳐졌다. 컴퓨터의 번쩍거리는 불빛들이 꼭 대도시의 아름다운 야경처럼 보였다.

재이는 침착하게 테이블에 다가가서 앉았다. 키보드 옆에, 낮에는 보지 못했던 쪽지 한 장이 놓여 있었다.

기대해. N.

재이로서는 도저히 잊을 수 없는 한 문장이, 차가운 글씨체로 프린트되어 있었다.

호라이즌 본사에 다녀온 리사가 이 쪽지를 가지고 이 서버실에 들어왔다.

그 일의 의미가 무엇일지를, 재이는 이제부터 생각해 내야 했다.

그때, 뒤에서 어느새 귀에 익은 목소리가 들렸다.

"여기서… 지금 뭐 하는 거야?"

재이는 서버실 특유의 서늘한 공기 때문인지 살짝 닭살이 돋아 있던 자신의 팔을 감싸 안았다. 천천히 뒤를 돌아보니, 리사의 실루엣이 옅게 숨을 몰아쉬며 등 뒤에 서 있었다. 행운이 늘 행운인 채로 끝나진 않는구나.

재이는 이런 순간을 대비해 마련해 뒀던 몇 가지 버전의 대답을 순식간에 머릿속에 나열하고 비교하다 ─ 충동적으로 내뱉었다.

"그건…… 내가 할 말인 것 같은데?"

어두워서 서로의 얼굴이 잘 보이지 않았고, 재이는 그래서 다행이라고 생각했다.

하지만 리사의 생각은 달랐는지, 혀를 쯧 차더니 벽으로 걸어가 스위치를 켰다. 이내 노르스름한 천장 등에 불이 들어왔다.

조금 붉게 달아오른 얼굴로 리사가 말했다.

"확실히 해 둘게. 여긴 우리 집이고, 내 허락도 없이 마음 대로 여기까지 들어온 건 너야."

"……."

"집에서도 가끔 급한 일을 할 때가 있으니까 그럴 때 필 요해서 시설을 설치해 둔 것뿐이고."

"그래, 그렇다 치자."

리사는 그제야 어쩐지 자신이 변명하고 있다는 생각이 들었다.

"그러는 너는? 대체 몰래 여기까지 왜 들어온 거야? 무슨 꿍꿍이야? 이러려고 나한테 접근한 거야?"

그러자 재이가 코웃음을 치며 어깨를 으쓱했다.

"바보같이……."

"……뭐?"

"그렇게 말하면 어떡해? 꿍꿍이라니. 꼭 숨길 게 있는 사 람처럼."

"……."

리사가 피곤한 듯 미간을 찌푸리며 입을 다물었다.

"네가 여기서 뭘 하든, 호라이즌이 말 그대로 무슨 꿍꿍이를 가졌든 나하곤 상관없어. 그냥 난… 살아서 정말 내 발로 여길 나갈 수 있을지가 궁금할 뿐이고… 뭐 하나라도… 더 확인해야 했어. 그뿐이야."

"그 말을 나보고 지금 믿으라는 거야?"

"분명 그랬었는데…… 이건 좀… 얘기가 달라질지도 모르지."

그렇게 말하면서 재이가 리사에게 예의 쪽지를 들어 보였다.

"기대해, N."이라는 글자를 눈으로 읽어 내리며… 리사는 할 말을 잃고 입술을 까득 깨물었다.

"여기, 서버실이지? 예전에 건물 청소도 해 봐서 알아."

"…뭐, 그렇지."

"혹시 말야… 라이프 랜드스케이프 유저들 데이터… 여기서 다 수집하는 거야?"

"무슨 말도 안 되는 소릴 하는 거야?"

"나 바보 아니야. 너도 잘 알잖아? 이 종이를 가지고 여기서 대체 뭘 하려고 한 거야?"

정말이지 너무 그 말 그대로라 문제였다. 대답이 궁색해진 리사는 재이를 쏘아보다가… 슬쩍 말을 돌렸다.

"넌 대체… 어떻게 여기 들어온 건데? 솔직히 말해. 안 그러면 정말 나도 내가 무슨 짓을 할지 장담 못 하니까."

짐짓 무섭게 들리길 바라며 내뱉은 일종의 협박이었다.
그러나 재이는 흔들림 없는 표정으로 엄지와 검지를 벌려 천천히 총 모양을 만들더니 자신의 귀 옆에 대며 말했다.

"나 같은 것들은 예민하거든, 살아남아야 하니까. 좀 더 조심했어야지."
"……"

그제야 거의 하모니를 이루며 위잉 울리는 수십 대의 저소음 모터 소리가 리사의 귓가에도 들렸다. 재이가 나지막한 목소리로 말했다.

"입주 가사 도우미 하다 보면 별별 집을 다 보게 돼. 부잣집일수록 그렇고. 다들 비밀의 방 하나쯤은 있는 법이야. 보통 두 가지인데, 비자금을 숨겨 둔 금고 방이거나 푸른 수염의 방 같은 변태 취미 방이거나."
덤덤한 재이의 얼굴을 바라보는 리사의 마음속에 어쩐

지 깊은 반감이 들었다.

"그렇게 알아내면… 그때부턴 협박인가?"

그러나 의외로 재이가 순순히 고개를 저으며 말했다.

"아니, 그냥 알아두는 거야. 언제 어떻게 필요할지 모르니까. 그래야 위기의 순간에 겨우 살아남을 수 있을 테니까. 아무래도 너는 내가 살아가는 방식을 도저히 상상조차 못하는 것 같지만."

그런 말에, 리사는 더욱 머리가 복잡해질 뿐이었다.

"내가 언제든… 널 죽일 수도 있다는 거 알지?"
"물론이지. 하지만 그러면 영원히 시안이를 잡을 수 없을 거고, 결국 너희 아버지는 널 인정 안 하겠지."
"…하아."
"걱정하지 마, 지금 내가 할 수 있는 일은 아무것도 없어."

리사는 자기도 모르게 힘이 빠져서 책상 앞에 놓여 있던 의자를 끌고 와 걸터앉았다. 짜증이 치밀어 올랐다. 그러자 재이가 다가와서 아무 일도 없었다는 듯 어젯밤처럼 정답게 얼굴을 들이밀며 물었다.

"괜찮아? 아직 몸이 안 좋은가 보다."

재이의 손바닥이 리사의 이마를 덮으려는데, 리사가 쳐내며 힘겹게 말했다.

"나…… 정말 널 못 믿겠어."

재이가 잠시 흐응 하고 콧소리를 내더니, 힘주어 말했다.

"비밀을 갖고 있던 건 너잖아. 나는 뭐, 니가 믿음직스러울까? 그치만 믿는 거야. 왜겠어? 믿을 수밖에 없으니까. 내가 살려면 그 방법밖에 없으니까. 너는 적어도 믿든 안 믿든, 선택할 여유가 있겠지. 나는 내 목숨에 친구 목숨까지 원 플러스 원으로 묶어서 너한테 배팅했어. 너한테 해가 될 일은 안 해. 그래도 못 믿겠으면… 그땐 니 마음대로 해."

사실은 그냥 믿고 싶었지만, 믿어서는 안 된다는 생각이 지지 않고 고개를 들어 리사의 머릿속에서 엎치락뒤치락 치열하게 싸우는 중이었다. 뭉근한 두통이 몰려왔다.

"…하아. 씨발."

미간을 찌푸리는 리사의 곁에 재이가 다가와 앉으며 가
만히 등을 두드려 주었다.

이번엔, 리사도 밀어내지 않았다.

재이가 리사의 머리에 턱을 기대고 쓰다듬으며 잠시 기
다렸다. 거칠었던 리사의 숨이 조금씩 진정되었다. 재이가 나
지막한 목소리로 말했다.

"나를 믿을 수 있는지 없는지가 그렇게 중요할까? 어차
피 네가 얻을 게 분명해서 시작한 거잖아? 그것만 생각해. 나
도, 그것만 생각하고 있으니까."

리사는 머리를 식혀 주는 차가운 에어컨 바람을 맞으며
멍하니 재이의 그 말을 곱씹었다. 얻을 수 있는 것, 얻을 수
있는 것, 얻을 수 있는 것…….

＊

방으로 돌아온 리사는 한숨 더 깊은 잠을 잤다.

긴장했던 탓인지 돌아오자마자 오들오들 온몸을 떨기
시작했고, 그 모습을 본 재이가 신속하게 두꺼운 이불과 따

뜻한 차를 준비해 주었다.

여전히 재이에 대한, 이 기묘한 동거에 대한 마음의 결론은 내리지 못했지만 결국 리사는 무방비 상태로 그가 베푸는 달콤한 돌봄 속에 파묻혀 버렸다.

땀을 삘삘 흘리며 푹 자고 일어났을 때, 다행히 재이는 리사의 곁에 있었다.

그 풍경에 묘하게 안정감을 느끼던 순간, 문득 재이의 손에 들려 있는 초록색 휴대용 게임기가 눈에 들어왔다. 지난번 모텔에서도 보았던 것, 기분 나쁜 두통을 유발하는 물건이었다.

"으음……."

리사가 소리를 내자, 게임기에 정신이 팔려 있던 재이가 이쪽을 돌아보았다.

"깼어?"
"웅…… 그거… 전원이 들어오는 거였어?"

리사의 질문에, 재이가 반갑게 고개를 끄덕이며 말했다.

"사실 이거 너무 오래돼서 충전할 방법이 없었는데, 어제 집 청소하다가 충전기 찾았어. 혹시나 하고 해 봤더니 되더라고. 좀 볼래?"

재이가 리사의 눈앞에 게임기를 들이대려는데, 리사가 손으로 툭 쳐서 떨어뜨렸다. 재이의 표정이 조금 일그러졌다.

"…그럴 리가 없는데."
"있던데? 창고 방에. 오래된 다른 물건들이랑…"
"너 내 물건 막 뒤지고 그랬어?"
"…나보고 일하라며? 그래, 니 물건 함부로 만져서 미안하다."

재이가 매트리스 위에 구르고 있는 게임기를 집어 들었다.
하지만 다시 켤 마음은 들지 않는 듯, 전원을 끄고 옆에 있는 협탁에 탁 소리를 내며 내려놓았다. 그리고 참았던 말을 꺼냈다.

"근데 지난번에도 그러더니 왜 이렇게 이 게임기에 민감한지 모르겠네? 엄마랑 무슨 일 있었어?"
"그냥…… 할 얘기가 없는데? 너야말로 왜 자꾸 그 얘길 꺼내는 거야?"

리사의 날카로운 목소리에, 재이가 평소답지 않게 뜸을
들이더니 말했다.

"이거… 우리 엄마가 나한테 사 줬던… 유일한 생일 선물
이야. 열 살 때, 갖고 싶다고 일주일을 울었더니 때리고 벌세
우고 같이 울고 난리를 치다가 결국엔 사 줬어. 솔직히 우리
형편에 너무 비쌌거든. 엄마한테 미안하면서도, 너무 좋았
어."

리사는 무감하게 고개를 끄덕끄덕했다. 대충 무슨 마음
일지 유추할 수는 있었지만, 리사가 이해할 수 있는 감정은
아니었다.

"나도 딱히 엄마 얘기 하는 걸 좋아하는 건 아냐. 그냥
이걸 볼 때마다 엄마 생각이 나는 거지. 다들 그런 거 아냐?
게다가 너네 엄마는 유명한 사람이었으니까……."

그렇게 말하면서 재이가 리사의 눈을 똑바로 쳐다보
았다.

"……"

리사는 얼른 이 순간이 기다리기만을 바라며 아무런 말도 보태지 않은 채, 자신도 다 안다는 듯한 눈빛으로 재이를 마주 보았다. 재이는 새까만 리사의 눈동자를 가만히 들여다보다가 말했다.

"너… 엄마 기억 못 하는구나?"

예상치 못했던 말에 리사의 가슴이 선뜩 내려앉았다.
반사적으로 고개를 저으며 대답하려는데, 재이가 먼저 빠른 어조로 말했다.

"혹시 그거, 니 방에 있는 서버실하고 상관있는 거야?"
"…아니, 상상력이 지나치시네. 그게 대체 무슨 소리야?"
"그럼… 네 엄마 이름이 뭔데? 그 게임기의 이름은 뭐고. 어떻게 생겼는데? 몇 살에 어디서 어떻게 돌아가셨는데?"

말문이 막힌 리사가 재이를 차갑게 쏘아보다가 겨우 대답했다.

"장난…치지 마."
"너야말로 장난치지 마… 정말… 모르는 거야?"

말끝을 길게 늘이는 재이의 앞에서 리사는 입술을 깨문 채로 한마디도 할 수가 없었다.

재이의 얼굴에서 조금씩 핏기가 가시는 것이 눈에 보였다.

"네 엄마를… 엄마의 기억을…… 지운 거야? 기다려, N…… 설마, 그 일도 기억에서 지우려고 한 거야? 그래서, 벌써 지웠어?"

"아니, 그런 거… 아니라고."

점점 힘이 빠지는 자신의 목소리를 들으면서, 리사는 이제는 방어가 무의미해졌다는 것을 희미하게 깨달았다.

"이유라도 알자. 이거 다 너희 아버지가 시킨 거지? 그런 거 잖아. 설마. 자기 엄마 기억을 스스로 지우고 싶은 사람이 어디 있어?"

재이의 표정이 더없이 진지해졌다.

리사는 망설이다 차분히 입을 열었다.

"…망각은 신의 축복이라는 말도 있잖아. 내가 선택한 거야."

재이가 잠시 그 말을 이해하려는 듯 눈을 굴리다 입술을 꾹 달았다.

리사가 말했다.

"N 씨의 그 기억, 만약에 잊을 수 있었다면 결과적으로 아무 일도 없었을 거야. 니 친구한테 살인을 의뢰하는 여자들도 마찬가지고."

"정말… 그렇게 생각하는 거야?"

"살아가는 데 짐만 되잖아."

"난 그렇게 생각 안 해. 아무리 힘든 기억이라도 다 갖고 있을 거야. 그게 내가 나란 걸 증명하니까."

"정말 바보 같은 말이네. 그럼 암세포도 내 세포니까 계속 갖고 살 거야?"

재이의 얼굴이 살짝 일그러졌다. 리사가 무뚝뚝한 목소리로 덧붙였다.

"사람들의 삶을, 더 살기 좋게 만들어 주기 위해서야."

언젠가 미리 암기해 둔 문장처럼 무의식중에 뱉은 말이지만, 리사는 그 말의 울림이 마음에 들었다. 그러나 재이의 귀에는 그렇지 않은 것 같았다.

"아, 그래서… 우성 산업 로고가 지워져 있었던 거야?"

"…뭐?"

"영상 봤어. 라이프 랜드스케이프 리뷰 영상… 4세대랑 1세대 비교한 거. 4세대 영상에서 지워진 로고, 우성이던데."

"…난 모르는 일이야."

"벌써 5년쯤 됐나. 거기서 나온 청소 용품 부작용 때문에 떠들썩했지. 같은 파견 회사에서 일하던 언니들 많이 돌아가셨어. 그땐 이유도 몰랐지. 제대로 보상도 못 받았다지. 몇 번 신문에 나고서 회사 이름은 어느새 싹 바뀌었고… 지금은 SC 뭐라던가. 하지만 아무리 바뀌어도 그 회사 이름은 절대 안 잊어버릴 거야. 잊을 수가 없지."

재이의 눈시울이 조금 붉어지는 듯했다. 리사는 마음을 다해 물었다.

"그러니까 그런 기억이… 괴롭지 않아?"

재이는 잠시 말문이 막혔다. 리사의 말이 조금의 꾸밈도 없는 솔직한 것임이 느껴지기에 더더욱.

그와 자신 사이에는, 절대로 건널 수 없는 강이 흐르고 있다. 아무리 잠시 같은 방에서 살을 맞대고 지내도, 영원히 다른 세계를 살아가게 되고 말 것이다. 전에도 몇 번이나 느겼던 것이었지만, 그 사실이 이렇게 사무친 적은 없었다.

"그런 거구나… 그런 짓을 하는 거구나. 할 수 있는 일이
많겠네. 공사 현장 인명 사고, 대형 참사… 정치인들 비리 뉴
스도 있고…"
"다른 이유 없어, 그냥 어디까지나… 좋은 목적에
서……."
"너희들한테만 좋은 목적이겠지."

'너희들'이라는 단어에서 부쩍 느껴지는 재이와의 거리
감이 조금 아프게 느껴졌다.
하지만 어차피 진짜로 가까웠던 적은 없는 거겠지. 리사
는 이를 악물고 자신이 믿는 바를 말했다.

"아니. 그렇지 않아. 성북동 살인 사건만 해도 그래.
그 범인이었던 N 씨도… 그렇게 죽은 C 씨도… 결국엔 그
걸 바라지 않을까? 그렇게 말도 안 되는 억측과 추문들로
만 기억되고 싶진 않을 것 같은데. 잊힐 권리라는 것도 있
는 거잖아."
"그걸 왜 너희가 판단하는데?"
"그게, 우리 같은 사람들에게 주어진 사명이니까."

그 말을 내뱉는 순간, 리사의 머릿속에는 자연스럽게 아버지 노아의 목소리가 흐르고 있었다. '우리 같은 사람들', 그리고 '사명'. 리사가 아주 어렸을 때부터 너무 자주 들은 나머지, 이제는 그 진짜 의미가 뭐였는지조차 희미해진 단어들이었다.

너무나 당당한 대답에, 재이는 저도 모르게 헛웃음을 터뜨렸다.

"하, 대단한 자신감이네… 저기 호라이즌 3세님. 이거 하나는 알아 둬. 세상엔 잊히지 않기 위해서 목숨까지 거는 사람들이 있어. 그것도 아주 많이."

"……"

재이가 더는 대답을 기다리지 않고 자리에서 일어섰다.

방을 나서는 재이의 뒷모습을 보며, 리사는 지금 자신들이 하고 있는 것이 무엇이든, 서서히 끝이 보인다는 것을 실감했다. 그러자 이상하게도, 마음 한구석이 천천히 무너져 내렸다.

30분 쯤 지난 뒤, 겨우 낯선 감정을 가라앉히고서 리사가 자기 방에서 나왔다.

재이가 소파에 무릎을 세우고 앉아 멍하니 TV를 보고

있었다. 드문 풍경이라 생각하며 다가갔더니, 재이가 인기척을 느낀 듯 돌아보며 이것 좀 보라는 듯 화면을 가리켰다.

어쩐지 낮이 익은 화면에, 노란색 2D 캐릭터가 모자이크된 채로 흘러나오고 있었다. 지지지직, 전기음도 들렸다. 아……? 이건?

리사가 상황을 미처 다 파악하기도 전에, 기자의 목소리가 먼저 흘러나왔다.

"요즘 라이프 랜드스케이프라는 호라이즌의 신제품을 통해 기억 공유 하시는 분들 많으실 텐데요. 당분간 주의하셔야겠습니다. 최근 악성 해커 그룹이 사용자들의 기억에 무작위로 패치를 씌워서 이렇게 실제 전기 감전을 유발하는 사례들이 신고되고 있습니다. 중상은 물론이고 사망에 이르는 경우까지 있던 것으로 알려져 큰 충격을 주고 있는데요. 이 소식에 오늘 호라이즌의 주가는 개장 즉시 4.7퍼센트 급락했습니다. 경찰은 이 해커 집단을 추적하는 한편…"

꼴깍. 리사가 마른침을 삼키며 저도 모르게 리모컨을 들어 TV를 껐다.

"무작위라니, 죽을 만한 놈들만 골라서 죽이는 건데. 나쁜 새끼들."

재이가 중얼거리는 소리가 어쩐지 아주 먼 곳에서 들리는 것 같았다.

아버지가 "시간이 없다"고 말한 게 바로 이 얘기였구나. 리사는 뒤늦게 깨달았다. 코앞에서 시한폭탄의 초침이 빠르게 돌아가기 시작한 것 같았다. 이게 나의 마지막 테스트인가? 이것만 잘 넘기면…… 그러면, 이번엔 정말 끝나는 건가?

재이가 그런 리사의 복잡한 얼굴을 슬쩍 살피면서 태블릿으로 뭔가를 분주히 타이핑했다. 곁에 다가와서 선 리사가 흘끗 내려다보자, 재이는 자기도 모르게 배 쪽으로 태블릿을 가리듯이 덮었다. 둘의 눈이 마주치는 그 짧은 순간, 수많은 생각과 계산들이 빠르게 각자의 뇌리를 스쳤다.

곧, 별수 없다는 듯이 재이가 한숨을 내쉬며 말했다.

"…혹시 몰라서 연락해 봤어. 시안이가 뉴스 때문에 장소를 옮길 것 같아. 접선하고 싶으면 이쪽으로 오라고 주소를 알려 줬는데… 두 시간 뒤네. 바로 사람들 보낼 수 있어?"

어쩌면 너무나 필요한 말이었지만, 그 말을 듣는 리사의 마음 어딘가는 여전히 답답했다. 재이의 목소리가 좀 어색할 정도로 유독 딱딱하기도 했다. 하지만 지금은 그런 마음의 문제들을 들여다볼 시간이 없었다. 이 모든 것이 함정이고 거짓말일지도 모른다는 불안 역시 완전히 지워지지는 않았지만, 그리하여 자신이 잃을 것과 재이가 얻을 것을 생각했다.

이내, 리사는 재이를 향해 힘차게 고개를 끄덕였다.

*

두 시간 뒤.

하나와 태오가 함께 준비시킨, 특수부대급으로 무장한 경호 요원들과 일군의 경찰들이 악명 높은 디지털 살해 용의자를 잡기 위해 경기도의 한 캠핑장에 진을 쳤다. 사실 민간인 하나를 잡기엔 지나치게 많은 인원이었다.

약 두 시간 뒤, 낡은 SUV 한 대가 들어왔고, 재이의 제보를 통해 시안의 몽타주를 이미 확보하고 있던 경찰이 그를 체포했다. 잡아서 모자를 벗겨 보니 어느새 머리가 길어서 덥수룩해져 있었지만, 시안이 맞았다. 그 순간조차 당황한 기색이 전혀 없는 시안의 얼굴을 보도사진으로 보면서 재이는 역시나 그답다고 생각했다.

또 한 번의 센세이셔널한 뉴스에 전국이 요동쳤다.

겁 없는 극악무도한 사이코패스 해커, 악마. 그것이 미디어가 시안을 꾸미기 위해 선택한 이미지였다.

물론 시안도 반박을 했다. 그동안 다크웹에서 거래된 실제 성 착취 범죄와 신체 훼손 기억의 내용이 얼마나 끔찍했는지, 그리고 그런 기억을 마치 유희처럼 돌려보던 인간들로 인해 수많은 피해자가 얼마나 고통받았는지. 그들을 응징했을 뿐인데, 마치 선량한 일반인들을 공격하는 것처럼 다룬 언론과 경찰은 얼마나 악의적인지.

아무도 도와준다는 사람이 없어서 국선 변호인을 쓸 수밖에 없었는데, 그 역시 크게 도움이 되지 않아 시안은 열심히 자신의 입장을 변호했다.

그러나 애석하게도 그 주장은 그리 호응을 얻지 못했다.

아주 소수의 사람이 시안을 지지하는 활동을 하긴 했지만, 다수는 "아무리 나쁜 놈이라 해도 이렇게 죽이는 게 맞나"는 한마디로 모든 사실들을 일축하며 그들의 긴 주장을 조금도 들어주지 않았다.

그런 상황 속에서도 시안은 자신이 누구를, '왜' 죽였는지를 알아주길 원했다. 반복해서 그 이야기를 하기 위해 과도한 미디어 노출을 감수하더라도 자신에게 허락된 모든 방법을 이용했다.

그러나 결국 언론과 사람들의 관심이 쏠린 것은— 익명의 제보로 한 언론사를 통해 알려지게 된, 시안의 복수 패치 사업에 관한 것이었다.

진짜로 피가 튀고 살이 찢기는 듯한 잔인한 감각을 생생하게 경험할 수 있다는 사실에, 모든 사람들이 경악하는 시늉을 했다.

대체 어떻게 이럴 수가 있냐는 것이었다. 늘 착하고 온순한 줄로만 알았던 여자들이 이런 악마 같은 해커의 꼬임에 넘어가 가상의 세계에서 미친 듯이 남자들을 찌르고 밟아서 찢어 죽이고 있었다니! 그야말로 경천동지할 일이었다.

또 다른 한 축에선, 시안의 과거부터 지금까지 모든 일을 낱낱이 파헤쳐서 공개하는 것이 스포츠처럼 이루어졌다.

그로 인해 어렸을 때부터 천재였던 시안이 어려운 집안 사정으로 학업을 포기하려 했다가, 장학금을 받게 되면서 유명한 기숙형 사립 학교에 다녔다는 사실을 재이조차도 처음으로 알게 되었다.

하지만 몇 시간 뒤 다른 매체에 의해 결국 졸업을 못 했다는 것이 밝혀졌고, 다시 몇 시간 뒤 또 다른 매체의 특종에 의해 시안이 모 선생에게 지속적인 성희롱과 추행을 당했다고 신고했다가 아무런 시정 조치가 이루어지지 않아 자퇴했다는 것도 알려졌다. 그러자 사람들은 역시 나이도 어린 여자애가 머리를 반삭발로 밀어 버린 이유가 있었다며 시안을 편 들어 주는 것도 아니고 욕하는 것도 아닌 묘한 말들을 하며 쑥덕거렸다. 그 덕에 시안을 직접 만나 본 적도 없는 각종 전문가는 '심리 분석'이란 명목으로 몇 시간씩 제멋대로 떠들었다.

"아무래도 그런 일을 당한 과거 때문에 성범죄자에 대한 극단적인 증오를 품게 된 것처럼 보인다는 말씀이시죠."

"그런 일을 당한", "극단적인 증오"라는 몇 가지 말들이 재이의 마음속에 퍽, 퍽 깊이 와닿아 박히며 생채기를 냈다.

정점은, 과거에 잠시 연예인으로 활동하다가 정치인이 된 지 20여 년이 넘어가는 한 현직 의원의 영상이 공개된 순간이었다. 자기 아들이 지난달에 갑작스러운 심장마비 쇼크로 사망했는데 그것이 바로 시안과 같은 해커들의 소행이었다는 것을 알게 되었다며 그 심정을 고백하는 내용이었다. 작고 귀여웠던 아들의 어린 시절 사진까지 공개하며 살뜰하게 눈물을 짜낸 덕분에 순식간에 조회 수가 1000만을 돌파했다.

하지만 시안의 주장에 따르면 그 말은 곧, 그 사랑스러운 아들이 성범죄자였음을 의미한다. 그가 피해자를 특정할 수 있는 기억을 판매했고, 해당 피해자의 요청이 있었기 때문에 벌어진 일이다.

그러나 아들 잃은 슬픔을 말하며 눈물 짓는 권력자의 앞에서 그 사실을 적시할 수 있는 사람은 아무도 없었다. 심지어 이유가 뭐든 이미 죽은 사람 아닌가. 그런 상황에서 시안의 말을 믿고 죽은 이의 잘잘못을 가리는 일은 있을 수 없었다. 덕분에 시안에 대한 인민재판은 순식간에 이루어졌고,

법의 집행도 이례적으로 그 속도를 따라갔다.

　그런 날들이 지나가는 동안, 리사는 도통 재이의 속을 알 수가 없었다. 속이 시원할 리는 없겠지만, 또 그렇게 속상해 보이지도 않았다.

　다만, 시안이 긴급 구속 되었다는 뉴스를 보면서 딱 한마디를 내뱉었다.

"적어도 시안 언니가 살해당하진 않았으면 좋겠어."
"그건… 내가 결정할 수 있는 일이 아냐."

'미안.'
　리사는 그 말을 덧붙이고 싶은 심정이었지만, 해 봤자 소용없는 말이라는 생각에 그냥 삼켰다.

　그리고 한편으론, 매우 불경한 생각이라는 것을 알면서도 재이와 시안, 두 사람은 대체 어떤 사이였을지가 궁금해졌다. 그 급박했던 상황 속에서, N의 라이프 랜드스케이프 내용을 보자마자 생각난 사람이 그였다면, 그렇게까지 믿고 신뢰하는 사이였다면, 몇 년을 같이 도망까지 다니던 사이였다면 설마. 아니, 아마도 정말―.

　누군가의 생사를 논하는 순간에도 그런 게 궁금해지는 자신이 한심하게 느껴지면서도, 어쩔 수가 없었다. 이 기분은 아주 생경하게도, 태어나서 처음 느껴 보는 열등감이었다.

물론 태어난 배경도 과정도 모두 다르다는 것은 알고 있지만, 시안은 어떻게 저렇게까지 두려움이 없을 수 있을까. 거침이 없을 수 있을까. 그런 것이 조금 궁금하고, 인정하기 싫지만, 멋지게 느껴졌다. 예전 같으면 그냥 멍청하고 무모한 인간이라고 생각하고 말았을 일인데, 이번만큼은 조금 달랐다.

"어쨌거나, 이제 정말 내 할 일은 다 끝났으니까… 잘 부탁해."

재이가 천진한 목소리로 말했다.

그 목소리 덕분에, 리사는 자신이 목표했던 바를 끝내 이루었다는 사실을 그제야 새삼스럽게 깨달았다.

2년이 넘는 시간 동안 절망의 진창에 빠져 있었고, 자신의 자리를 되찾을 수 있을지에 대한 회의도 깊었다. 하지만 이제 드디어 돌아갈 수 있는 첫 번째 계단에 어렵게 올라선 것이다. 저토록 믿기 어려운 사람의 도움으로, 그토록 많은 불확실성 속에서, 마치 기적처럼.

짧게 심호흡을 한 뒤, 리사가 말했다.

"그래, 아버지한테 얘기할게."

"그럼 곧, 이 생활도 끝이겠네."

"그러네."

대수롭지 않은 척, 그런 대화를 주고받으면서 리사는 문득 재이가 2년 전 자신의 연구소 사무실로 찾아왔던 날의 풍경을 떠올렸다.

다 하지 못한 말의 여운을 미처 알아채지 못하고 무시했던 날의 오후.

또 조만간 그런 순간이 찾아오리라는 것은, 단순한 예감이 아니라 사실이었다. 리사는 그때의 여운이 재이가 거짓말을 했다는 사실을 무의식중에 눈치챈 자신의 직감이자 본능의 신호였다고 생각했다. 그 순간이 지나가고 나서 남은 감정은 모두 깊은 분노와 후회뿐이었다. 이번에는 어떨까? 지금으로서는 알 방법이 없었다.

그날 저녁, 태오를 통해 아버지에게 연락한 리사는 다음 날 직접 호라이즌 회장실로 찾아가 그에게 있는 그대로의 사실을 알렸다.

"이번 일이 금방 끝날 수 있었던 건 공범이었던 친구의 도움을 받은 덕분입니다. 처음부터 저랑 약속했어요. 시안을 잡게 도와주면 살려 주기로. 이제 다시는 허튼 짓 안 할 거예요. 그러니까 편하게 살 수 있게 해 주시죠."

노아는 흥미롭다는 표정을 짓더니, 턱을 만지면서 말했다.

"그럼, 한 번 데려와라. 내가 직접 만나서 판단해야겠으니까. 그 전까진 안 돼. 곧 장소를 정해서 알려 주마."

그 말이 끝이었다.
결국, 아직도 너를 믿지 못하겠다는 뜻이었다.
기분이 찝찝했다. 솔직히 말하면 무엇보다도 노아가 재이를 해칠까 봐 걱정이 됐다. 하지만 냉정하게 생각하면 어쩔 수 없는 일이다. 그동안 너무 많이 보아 온 일이기도 했다. 언젠가 자신이 재이에게 네 인생을 언제든 망쳐 버릴 수 있다고 을러댔을 때, 그건 전부 노아에게서 배운 것이었으니까.
그럼에도 불구하고, 어떻게든 막고 싶다는 막연한 바람이 리사의 머릿속을 가득 메웠다. 자꾸만 가슴을 뛰게 하는 불길한 느낌이 쉽게 가시질 않았다.
꼬리에 꼬리를 무는 생각에 머리가 너무 복잡해져서 리사는 라디오를 틀었다.
그런데 믿기 어려운 뉴스가 흘러나왔다. 내가 잘못 들은 건가 생각할 때쯤, 마침 집에 도착했다.

급하게 집으로 뛰어 올라와 보니, 재이도 뉴스를 보고 있었다. 시안이 오늘 아침 감옥에서 스스로 목을 매달아 죽었다는 내용이었다. 그 순간 재이의 얼굴은 놀랍도록 무표정했다.

리사는 다시 한번 미안, 하고 입안에서 조용히 중얼거렸다.

*

"혹시나, 내가 죽였다고 오해하진 마라."

통째로 대관한 레스토랑 입구에서, 재이를 만나자마자 노아가 꺼낸 첫마디였다.

차라리 아무 말도 하지 말지…… 리사는 자기 얼굴이 대신 화끈거리는 기분이 들었다.

재이가 싱긋 웃으며 별 대답을 하지 않자, 그다음으로 노아가 한 일은 - 태오를 시켜서 재이의 몸을 수색하는 것이었다.

그야말로 범죄자를 대하듯이 재이의 몸을 뒤로 돌려서 팔을 구속한 다음 테이블 위로 엎어뜨린 뒤, 상하의에 달린 주머니는 물론이고 다리 안쪽까지 살살이 뒤졌다.

재이는 무표정으로 묵묵히 그 순간을 견뎠지만, 차마 그

모습을 보기가 힘든 리사가 눈을 내리깔고 분노를 억누르며
조용히 말했다.

"이렇게까지 하실 건 없잖아요……."

하지만 언제나 그렇듯, 노아는 아무런 대답이 없었다.
곧 세 사람이 테이블에 둘러앉았다. 최고급의 격식을 갖
춘 웨이터가 순서대로 음식을 가져다주었다. 모든 음식이 완
벽했지만 리사는 아무런 맛도 느낄 수 없었다. 세상에서 자
신을 가장 곤란하게 하는 두 사람 사이에 끼어서, 혼자 너무
나 초조했다.

"그 기자 회견은 나도 봤었는데… 연기를, 참 잘하는 친
구네. 혹시 그런 걸 따로 배웠나?"

노아가 위압적인 목소리로 물었다. 리사가 불안한 얼굴
로 재이를 보았다.

"살기 위해서 자연스럽게 체득한 스킬이죠."

그러나 재이는 리사 쪽으로 눈길을 주지 않으며 가벼운
목소리로 노아에게 대답했다.

"그 시안이라는 친구가 참 재주가 많았나 봐. 그렇게 팔 아넘겨서 좀 아깝겠어."

"재주는 많았지만 융통성은 없었던 친구라서요. 누구나 다 자기 명줄은 있는 거니까요."

재이의 말에 노아가 피식 웃었다.

"그래서 본인은… 융통성이 있다?"

"보시다시피."

재이가 어깨를 으쓱하며 이 상황을 좀 보라는 듯 손짓을 했다.

"마음에 드네. 둘은 좀… 친해졌나?"

노아가 물었다.

"뭐, 적당히요."

"우리 애가 순진하고 물정을 잘 몰라서."

"그렇지만도 않던데요."

제법이라는 듯 미소 지으며 노아가 고개를 한번 끄덕

였다.

리사는 그 자리에 동석하고 있는 자신을 뻔히 앞에 두고 얘기하는 이 상황이 마음에 들지 않았지만, 가만히 듣고만 있었다.

"다시는 등에 칼 꽂지 않을 거라는 걸 내가 어떻게 믿으면 좋을까?"

"그걸 믿게 해 드리려고 저는 제 친구까지 팔았습니다만… 믿지 않는 것을 선택하실 수도 있죠. 그게 힘이니까요. 그러니까, 뭐 맘대로 하세요. 전 힘이 없으니까."

재이가 천연덕스럽게 말했다.

노아는 속을 알 수 없는 표정으로 재이를 지긋이 쳐다보았다.

이 자리의 분위기와 참으로 상반되는 업비트의 경쾌한 스윙 음악이 끝날 때까지 아무도 말을 하지 않았다.

그때 웨이터가 메인 요리를 가지고 왔다. 아티초크 등 가니시를 곁들인, 채식 스테이크였다. 노아가 수년간 전문가들과 함께 자신만을 위해 개발한 레시피다. 그가 지독할 정도로 식사를 조절하며 건강을 관리한다는 사실은 널리 알려진 일이었다.

여전한 침묵 속에서 세 사람은 조용히 음식을 칼로 썰

고, 썰린 음식을 입에 가져가는 행위를 반복했다.

노아가 음식을 오랫동안, 천천히 질겅질겅 씹었다.

자주 봤던 모습인데도 리사는 이상하게 비위가 상했다.

재이는 오른손을 리듬감 있게 움직여서 채소를 썰고, 썰고, 썰어서 접시 한쪽에 가만히 모아 두었다.

그러더니 불현듯, 물 흐르듯 자연스러운 동작으로 칼을 들고 자리에서 일어섰다. 그러자 있는 줄도 몰랐던 경호 팀이 어디선가 뛰어오더니 바로 재이를 뒤로 잡아당겨 바닥에 눕히고 팔을 뒤로 돌린 다음 칼을 빼앗았다.

리사는 깜짝 놀라서 입을 가리며 자리에서 일어났다.

노아는 놀랍도록 아무런 표정도 없이 태연하게, 별로 흥미롭지도 않은 시리즈물을 보는 것처럼 텅 빈 눈으로 질겅질겅 음식을 씹으며 그 모습을 쳐다보고 있었다.

바닥에 깔린 채로 재이가 말했다.

"이것 보세요, 회장님이 저에게 당할 날은 영원히 안 올 거예요. 근데 뭐가 걱정이세요?"

노아는 대답 없이 바닥에 처박혀 있는 재이를 빤히 바라보면서 냅킨으로 천천히 꼼꼼하게 입을 닦았다.

냅킨이 지나간 자리에서, 리사는 노아의 입꼬리가 슬쩍 올라가는 것을 보았다.

*

레스토랑의 지하 주차장에서, 리사는 노아의 리무진을 배웅했다.

그리고 자신의 곁에 선 재이를 차마 마주 보지 못하고 쭈뼛거렸다.

시작부터 수색을 당하고, 바닥에 처박히기까지 했기 때문인지, 재이의 옷매무새가 조금 흐트러져 있었다. 하지만 그의 표정만큼은 후련한 듯, 조금도 구김이 없었다.

그 얼굴을 보자 리사의 마음이 다시 소란스러워졌다.

'이렇게 드디어 끝이 났구나.' 그렇게 입 안에 맴도는 말을, 차마 꺼내지 못하고 괜히 발끝을 쳐다보고 있었다. 꺼내는 순간, 정말로 이 순간마저 끝이 날 것 같아서였다.

그때, 재이가 이쪽을 향해 언젠가처럼 손을 뻗었다.

리사가 조금 놀란 듯 그 손을 바라보았다. 이전처럼 악수를 해야 하나? 건네줄 봉투도, 담배도 없는데— 그때 재이가 쭉 손을 뻗더니, 리사의 한쪽 손을 당겨 잡으면서 말했다.

"가자. 마지막으로 같이 가고 싶은 곳이 있어."

재이가 리사의 손을 이끌어 간 곳은, 허름하고 낡은 모텔이었다.

2년 6개월쯤 전에, 두 사람이 처음으로 만난 곳이다. 라

이프 랜드스케이프를 시안에게 맡기고, 재이가 홀로 잠깐 도
피했던 그 모텔. 재이가 딱히 설명해 주지 않아도 알 수 있었
다. 리사의 짧지 않은 인생에서 이런 건물에 머무른 것은 그
때가 유일했으니까.

마침 방이 비어 있어서, 두 사람은 그때 그 방에 나란히
입장했다.

"그냥, 나름 추억이잖아. 마지막이니까."

촌스러운 버건디색 러그와 커튼, 싸구려 모조품 액자까
지 방 안은 마치 시간이 멈춘 듯 그때와 완벽하게 똑같았다.
그땐 이 불결한 곳에 있는 것이 얼마나 고역이었는지…….

한 바퀴 둘러보면서 리사가 피식 웃자 재이도 마주 웃더
니 주머니를 뒤적여 담뱃갑을 꺼내며 물었다.

"한 대 줄까?"

리사는 대답 대신, 재이가 내밀어 준 담뱃갑에서 삐져나
온 담배를 집어 쏙 빼갔다.

곧, 퀸 사이즈 베드에 나란히 앉은 두 사람이 동시에 뿜
어내는 담배 연기가 방안을 가득 채웠다. 재이가 연기를 뱉

어내는 리사의 얼굴을 신기한 듯 보며 말했다.

"그때만 해도, 내가 담배 피우고 있으면 죽일 듯이 노려 보고 그랬는데."

그때의 자신을 생각하자 리사도 피식 웃음이 나왔다.

"그랬지."
"많이 변했네, 너."

재이의 말에 리사가 희미하게 웃으며 말을 삼켰다.
너도 변했잖아, 라 말하기엔 아직 자신이 재이를 잘 모른다는 생각이 들었기 때문이다. 과거의 재이에 대해서는 더더욱.
재이의 옆얼굴을 물끄러미 보다가 리사가 말했다.

"이제 어디로 갈 거야? …라고는……."
"……?"
"안 물어볼래."
"……"
"그때 했던 말 있잖아……."
"응?"

"공항, 활주로에서."

"응."

"이대로 사라지고 싶다…였어."

"아아……."

재이가 잠시 그 말의 여운을 느끼는 듯 깊은 숨을 뱉어 냈다.

그러더니, 다시 고개를 들어 예의 다정한 눈으로 리사의 얼굴을 바라보았다. 마치 그때의 감정을 다 안아 주고 위로해 주겠다는 듯이, 따뜻하게.

잠시 그런 재이의 눈을 마주보던 리사가 말했다.

"하지만 지금은 아냐. 이대로 … 계속 있고 싶어. 그러니까… 가지… 마."

자기 입에서 나온 말에 리사 자신조차도 조금 놀랐다. 하지만 티 내지 않기 위해, 온 얼굴에 잔뜩 힘을 주었다.

재이는 대답 없이 멋쩍은 듯 웃었다. 그리고 가까운 협탁에 있는 플라스틱 재떨이를 끌어당겨 담배를 비벼 껐다. 리사도 따라 껐다.

"나랑 같이… 일하자. 너 똑똑한 사람인 거 잘 알아. 평생 가사 도우미만 하고 싶은 건 아닐 거잖아."

리사의 목소리가 조금 다급해졌다. 재이가 뜸을 들이는
가 싶더니, 천천히 힘을 주어 말했다.

"아니, 나 그 일 좋아해."
"……"
"시안 언니를 생각하면… 네 곁에 더 머물 순 없어."

잠시 방 안의 공기가 조금 무거워졌다.
리사가 용기 내어 말을 이었다.

"니가 한 얘기 많이 생각해 봤어, 나 아직… N 씨 사건
유저들 기억 속에서 지우지 못했어. 아버지는 아직 몰라."

리사의 말에 재이는 조금 놀란 표정을 지었다.

"생각할 시간이 더 필요해. 네가 없으면 혼자서는 용기
내지 못할 것 같아."

이렇게 솔직하게 누군가에게 속마음을 털어놓는 것은
처음이었다. 리사의 심장이 빠르게 뛰기 시작하는데, 재이가

쿡 하고 웃었다.

"아, 리사 씨 지금… 제가 필요하다는 겁니까?"
"…그래."

재이가 그런 리사의 얼굴을 마주 보았다. 기분 탓인지, 리사에겐 재이의 눈가가 살짝 촉촉하게 젖어 있는 것처럼 보였다.
재이가 팔을 뻗어 리사의 어깨와 등을 살짝 끌어안았다.
그리고 리사의 귀에 조용히 속삭였다.

"내일 아침에 다시 생각해 보자. 지금은 너무 피곤해."

리사가 고개를 끄덕이자, 재이는 만족한 듯 웃더니 아이처럼 대뜸 침대 위로 벌러덩 누웠다. 그 곁에서 리사가 쭈뼛거리자, 리사의 손까지 끌어당겨 덩달아 침대로 쓰러뜨렸다. 그러더니 리사의 옆구리를 살살 간지럽히기 시작했다. 뜻밖의 장난에 참지 못하고, 리사는 반쯤 웃음이 섞인 비명을 내지르고야 말았다. 질 수 없다는 듯 재이의 겨드랑이를 간지럽히자, 이번엔 재이가 으앗! 하고 소리를 내지르며 리사의 팔을 잡으려고 애를 썼다.
서로 그렇게 한참 깔깔 웃으며 장난을 치다, 결국 재이에게 잡힌 손목을 빼지 못한 채 리사와 재이의 눈이 가까이서 마주쳤다. 가빠진 숨이 서로의 뺨에 가닿는 거리였다. 두 사람은 마주한 눈을 피하지 않으며 천천히, 천천히 동시에 호흡을 가다듬었다.

도시의 소음이 모두 사라지고, 숨소리만이 나지막이 울렸다. 이 세상에 오직 둘뿐인 것 같은 착각이, 그 무엇으로부터도 방해받고 싶지 않다는 생각이 가득 부풀어 올랐다.

할 수만 있다면 영원히 되풀이하고 싶은 기억, 절대로 잊을 수 없는 기억이란 이런 식으로 만들어지는 거였구나. 리사는 그 순간이 되어서야 비로소 자신이 개발한 라이프 랜드스케이프의 진짜 의미를 이해했다.

　　　　*

아침까지 깨지 않고 푹 깊은 잠에 빠졌던 리사는, 개운해진 몸으로 눈을 떴다. 매끄러운 이불의 감촉이 유난히 시원하게 느껴졌다. 새벽까지 두런두런 속삭이며 수다를 나누다 함께 잠든 재이는 곁에 없었다. 잠깐 화장실에 갔나……대수롭지 않게 생각하며, 리사는 몸을 옆으로 돌렸다.

싸구려 합판으로 만든 협탁 위에, 흰 봉투가 하나 놓여 있었다.

처음 보는 손글씨로, "리사에게"라는 글자가 적혀있었다.

그 순간, 몽롱한 눈가 끝에 매달려 있던 잠기운이 싹 달아났다.

그리고 깨달았다. 재이가 자신의 곁에서 완전히 떠났다는 사실을.

마침, 불길한 신호처럼 휴대폰이 울려 대기 시작했다.

리사는 봉투와 휴대폰, 어느 것 하나 확인하지 못하고 가만히 넋을 놓고 그대로 멈춰 있었다.

*

한 시간 뒤, 리사는 주차장에 가득 찬 취재진을 피해 비상 엘리베이터를 타고 호라이즌 본사로 들어섰다.

노아는 그 자리에 없었다. 있을 수가 없었다.

밤사이, 성북동 타운하우스 살인 사건의 용의자였던 N씨의 기억을 비롯해 수많은 성폭력 피해자의 '기억'이 전 세계 라이프 랜드스케이프 사용자들에게 발송되었다는 사실이 막 보도된 참이었다.

그리고 그 모든 기억 속에 공통으로 등장하는 가해자가— 바로 노아였다.

상상이니, 가짜니 하며 사실 여부를 따지고 말고 할 것도 없었다.

    몇 년 사이 라이프 랜드스케이프를 통해 기억의 '완성도'
를 평가하는 데 도가 튼 유저들은 직관적으로 알았다. 그 생
생한 고통과 괴로움, 모욕감…… 이것은 진짜 있던 일들이
틀림없다.

    리오가 어린애처럼 질질 짜고, 이사회와 주주들이 고성
을 높이며 서로 싸우는 동안 리사는 홀로 단상 위에 서서 그
모든 꼴을 내려다보며 서서히 실감하는 중이었다.

    진짜로 세상이 뒤집어져 버렸다는 것을.

4+1.
리사에게, 재이가 남긴 것

리사에게

우리가 서로 진심으로 사과했던 적이 한 번이라도 있었던가?
이것도 참 이상한 운명이라고 지금도 생각해.

조금 고민했지만, 이번에도 사과는 하지 않으려고 해.
하지만 어떻게 된 일인지는 조금 설명할게. 너도 그 정도는 알 권
리가 있으니까.

너에게 했던 말들이 전부 거짓이었던 건 아니야.
너희 아버지에게 돈을 받는 대가로 그 기억을 묻기로 하고, 큰돈을
받아 외국으로 나가서 리조트를 전전하면서 잘 먹고 잘 놀았던 것도 다

맞아.

하지만 우연히 대단한 기회를 잡아서 팔자를 고쳤다는 흥분이 서서히 가라앉자마자, 악몽이 시작됐어.

사모님, N 씨, 그러니까…… 죽은 나리 씨의 기억이 계속 나를 쫓아왔거든.

나리 씨가 남긴 메모, "기대해, N"의 N은 당연히 '노아'를 가리키는 것이었다고 생각해. 남편을 죽인 것, 그 이상으로 노아를 죽이고 싶었을 거야. 하지만 그러지 못했고, 나와 시안 언니는 그 죽일 놈에게 찾아가서 돈을 받았어. 그 사람의 치명적인 고통을 우리의 알량한 기쁨으로 바꿔 먹었지.

나리 씨는 그 고통과 모욕을 겪고도 아무것도 할 수가 없어서, 오랜 시간을 죽은 사람처럼 살다가… 더는 못 참겠다는 생각에 진짜로 죽을 각오를 하고 일을 저지른 사람이야. 나는 그 순간을 대리 체험 한 유일한 사람이었고.

물론 죄책감이 들지 않을 거라고 생각한 건 아니었어. 하지만 이 정도일 줄은 몰랐어.

네가 만든 훌륭한 기기 덕분에, 자기 집 거실에서 남편의 상사에게 느닷없이 강간을 당하고도 그를 두둔하는 남편을 보는 심정, 그 사람과 남은 평생을 함께 살아야 하는 심정을 나는 고스란히 겪었으니까.

내가 생각한 것 이상으로, 그 기억은 이미 내 것이 된 것 같았어. 수시로 그 순간이 떠올라서, 나까지 미칠 것 같았거든.

내가 너무 괴로워했더니, 시안 언니가 조심스럽게 한 가지 제안을 했어. 죽은 나리 씨에게 사죄하는 의미로, 이런 사람들을 도와주면 어떻겠냐면서 익명 온라인 그룹을 보여 줬지.

노아의 재판이 화제가 되기 훨씬 이전부터, 많은 여성 이용자들은 오랫동안 상상한 것이 라이프 랜드스케이프에선 현실이 된다는 것을 알고 있었어.

대부분이 자신에게 트라우마를 안겨 준 누군가를 죽이고 싶어 하거나, 과거의 그 치명적인 순간으로 끝없이 돌아가서 그때 내가 이랬으면 어땠을까, 저랬으면 어땠을까 하고 영원히 맴돌며 갇혀 있던 사람들이야.

그런 사람들이 모여서 익명의 온라인 그룹을 만들고, 상상을 재생할 때 더 진짜처럼 만들 방법이 없는지를 논의하고 있었어.

우리가 할 수 있는 일이라는 생각이 들었지.

그때부터 나와 시안은 익명으로 그룹에서 적극적으로 활동했어.

돈은 최소한으로 받았고, 사람들이 패치를 원하는 파일을 보내 주면 거기다 최대한 진짜처럼 보일 수 있도록 각종 효과를 더해서 보내 줬어.

물론 그 파일들을 보는 일도 쉬운 건 아니었어. 가장 사적이고, 가장 끔찍한 트라우마인 경우가 대부분이었거든.

나리 씨의 기억을 경험한 여파가 너무 컸기 때문에, 나도 직접 VR로 체험하는 일은 최대한 피했어. 되도록 녹화를 걸어서 영상으로 확인했지.

그런데 그렇게 1년쯤 일하면서 나와 시안이 가장 괴로웠던 건⋯ 사람들이 보내오는 파일 중에 자꾸 낯익은 얼굴이 보인다는 거였어. 그게 노아였어. 과장이 아니라, 잊을 만하면 한번씩 노아가 등장했어.

하나같이 너무 끔찍한 내용이었어.
그래도 우리가 어쩌겠냐, 하면서 최대한 모른 척해 보려고 했지.

그런데 도저히 안 되겠더라고.
이건 아닌 것 같더라고.
내 안에 나리 씨의 기억이 이미 들어와서였을까? 이걸 그냥⋯ 넘어갈 수가 없었어. 우리에게 닥칠 모든 불행이 충분히 예측됐는데도 말이야.

그리고 아마 너는 믿지 못하겠지만⋯ 네가 신경 쓰였어.

나리 씨는⋯⋯ 그래, 어쨌거나 이미 세상을 떠나 버린 사람이라고

쳐. 근데 너는 아직 살아 있고, 무엇보다 그 인간과 가장 가까운 곳에 있는 사람이잖아.

오래전 일이지만 너희 엄마의 죽음도 의심스러웠고, 우리가 모텔에서 함께 보낸 그 며칠간…… 내 눈엔 네가 정말 불안해 보였거든.

그래서였나 봐, 공항에서 훔쳐봤던 네 마지막 말이 못내 궁금하고 계속 마음 쓰였던 건.

웃기는 일이지, 나 같은 사람이 너를 걱정한다는 게.

근데 아무리 좋은 곳에 있어도 가끔 생각이 났어. 걱정이 됐어. 혹시 무슨 일은 없나? 자주 인터넷에 네 이름을 쳐 보곤 했어. 가뭄에 콩 나듯 발견하는 사진을 보면서 아직은 괜찮구나 하고 안도했지만, 그 개자식이 여전히 그 자리에서 모든 것을 누리는 동안은 또 어떤 일이 생길지 알 수 없는 일이라는 생각에 나까지도 불안해졌어.

게다가 내가 네 상황을 더 힘들게 만든 것도 사실이니까.

영영 잊지도 못하고, 계속 후회도 뭐도 아닌 감정 속에서 사느니 차라리 우리 손으로, 내 손으로 해결하고 싶었어.

나조차도 놀랐어. 나밖에 모르던 내가, 그런 결정을 하게 될 줄은 정말 몰랐으니까.

우리가 맨 처음 했던 건, 내가 경험했던 나리 씨의 기억을… 당시에 제일 활발하던 라이프 랜드스케이프 기억 공유 커뮤니티에 유포한 거였어. 사실, 그걸 시작으로 다른 분들의 기억들도 하나씩 풀 생각이었어. 무엇보다, 그분들이 그걸 원했으니까.

그런데, 풀자마자 바로 재생이 막히더라. 피해자 그룹의 다른 사람들 수십 명에게도 보내 봤는데 똑같이 안 됐어. 마치… 중앙 시스템에서 모든 랜드스케이프를 제어하는 것처럼.

그때 조금 이상하다고 생각했지.

그래서 어쩔 수 없이 기억을 그대로 녹화한 영상을 푼 거야. 그건 쉽게 막을 수 없을 거라 생각했거든.

그다음은, 아는 대로야. 겨우 재판까지 가는 데는 성공했지. 하지만 그 시점부터 나랑 시안 언니는 끝없이 킬러들을 피해 도망 다녀야 했고, 그렇게 우리 정신을 쏙 빼놓는 동안, 피해자들은 모두 연락이 끊겼어. 그 사람들에게 무슨 일이 생긴 걸까? 지금도 그 생각을 하면 좀 무서워.

그러는 동안, 결국 네 아버지는 갖은 방법을 써서…… 빠져나갔지.

이번엔, 정말 확실한 방법이 필요했어.

도박이었다는 건 인정해. 그건 다, 전부 내 아이디어였어. 내가 겪어봤던 일이라서 장담할 수 있던 거야. 직접 경험해 보기만 한다면, 그게 누구라도 마음을 움직일 거라고 난 정말 확신했거든.

네 집에 그 컨트롤 센터가 있었던 건 행운이었지.

감옥에 있던 시안 언니를 죽은 걸로 처리하고 빼내 준 게 누군지 알면 놀랄걸?

생각보다 많은 사람이 시안과 나의 고객이었으니까.

그중엔 너와 정말 가까운 사람도 있었어.

네 비서였던 하나 씨, 왜 태권도를 관두게 됐는지 들어 본 적 있어?

국대 선수촌 생활을 내내 지옥처럼 느끼게 했던 코치 새끼. 성폭력에, 체벌에, 결국 인대까지 끊어먹은 그 새끼를 시안이가 대신 처리해 줬거든.

누구나 죽이고 싶은 사람은 하나쯤 있는 법이라더니, 놀랍지?

하나 씨 덕분에, 어젯밤에 시안이 한 거야. 너희 집에 들어오는 법은 내가 가르쳐 줬어.

미안하다는 말은 안 할래. 이건 다, 니가 만든 라이프 랜드스케이프 때문에 벌어진 일이니까. 네가 나를 변화시켰어. 그리고 사람들을 변화시켰어. 네가 의도하지 않은 일이었다고 해도 말이야.

그게 얼마나 멋진 일인지는, 굳이 말하지 않을게.

지난번에, 나리 씨도 그 사건이 잊히길 바랄 거라고 했지? 절대 그렇지 않을 거야. 자신 있게 말할 수 있어. 그 사람 기억의 일부가, 이젠 완전히 내 것이 되었으니까.

비록 '꿍꿍이'는 있었지만, 내가 네 곁에서 보낸 시간이 전부 다 거짓은 아니었어.

나랑 가장 다른 인생을 살고 있을 거라 생각했던 사람이, 사실은 나처럼 약하고 외롭고 힘들다는 걸 알게 됐던 순간, 그 얼굴을 발견했을 때부터…… 난 너를 영원히 신경 쓸 수밖에 없게 됐거든. 너는 내 인생에서, 다시는 잊을 수 없는 기억이 됐어.

하지만 네가 나를 잊는대도 괜찮아. 그게 네가 선택한 삶이라면.

아직은 그러기 싫다면, 너희 집에서 제일 가까운 지하철역에 가서, 코인로커 15번을 열어 봐. 비밀번호는 8990이야.

언젠가 또 보자고, 공주님.

*

여기저기 녹슨 자국이 그대로 남아 있는 신압구정역의 15번 코인로커는 참으로 낡아 있었다.

리사는 침착하게 번호를 눌렀다.

삐거덕 소리를 내며 열린 15번 로커 안에는 오래된 휴대용 콘솔 게임기와 이젠 아무도 보지 않는 종이 신문을 스크랩한 스크랩북이 들어 있었다.

- 지난 3일, 강원도 별장에서 추락사한 여성, 호라이즌 이사 노아의 아내 한나로 밝혀져
- 부실 수사 의혹, 부검 없이 화장 논란
- 큰 소리와 여자의 비명이 들렸다는 증언
- 여름에도 늘 긴 소매 옷을 입고, 아이들과의 만남은 차단되어 있었다
- 사망한 한나 씨, 대학 재학 중에 시작한 하이브리드 게임기 스타트업으로 촉망받았던 과거 화제
- 당시 한나 씨가 만들었던 회사는 50조라는 파격적인 조건에 호라이즌에 인수 합병되었다. 이후 임원으로 활동하다 노아 씨와 만나…….

생소한 글자들이 어지럽게 리사의 눈앞에서 흩어졌다가, 모였다가 했다.

그리고 마지막 장에는, 이젠 조금 눈에 익은 재이의 손글씨로 이렇게 적혀 있었다.

온 세상이 다 너한테 달린 거야. 지금에야말로, 너의 사명을 발휘해야 할 때가 온 거 아닐까?

리사에게, 재이가 남긴 것

그의 목소리가 꼭 곁에서 들리는 것 같았다. 재이가 미치도록 미웠고, 미치도록 그리웠다.

리사는 늘 재이의 손에 들려 있던 녹색 게임기를 비로소 자신의 손에 쥐어 보았다.

전원을 켜니 왠지 그리운 기계음과 함께 사용자 프로필을 고를 수 있는 인터페이스가 나왔다. 자신이 라이프 랜드스케이프의 첫 화면에 적용했던 폰트와 색, 캐릭터 디자인까지 완전히 똑같았다.

그 모습을 보자마자 왈칵 눈물이 쏟아져 나왔다. 분명히 자신도 기억하고 있던 거다. 엄마를, 그리고 엄마가 이 세상에 남겼던 업적을… 기리고 싶던 거다.

리사는 한참을 그 자리를 떠나지 못하고 가만히 서 있었다.

*

1년 뒤.

리사는 방콕 수완나품 국제공항에 있었다.

재이의 흔적을 뒤쫓으며 카오산 로드를 헤매던 날 이후로 처음이었다. 그때는 처량하게 스콜 속에서 끝없이 지연되는 비행기 안내를 기다리고 있었지만, 오늘 날씨는 더없이 맑았다.

1년 전 가장 크게 방심했던 순간 불의의 습격을 당한 노아는, 더는 어떻게도 사람들을 속일 수 없다는 사실을 인정하고 스스로 자리에서 물러났다.

그 자리를 물려받는 것은 리오가 될 거라는 전망도 있었지만, 리사가 먼저 적극적으로 움직였다. 기자 회견을 열어서 라이프 랜드스케이프를 개발한 개발자이자, 호라이즌 가족의 한 사람으로서 대국민 사과를 한 것이다.

그 내용에는 아버지인 노아의 범죄 사실에 관한 것뿐만 아니라, 그런 일들을 충분히 짐작하면서도 권위에 짓눌려 저지하지 못했던 측근의 과오, 그리고 회사가 노아의 지시 아래 라이프 랜드스케이프 유저의 기억에 접근했던 사실까지 모두 포함되었다. 특히 마지막에 밝힌 것은 극소수의 측근밖에 모르던 일이었기 때문에 모든 이들에게 큰 충격을 주었다.

그 기자 회견이 끝나자마자 리사는 미리 연락해 둔 경찰들과 함께 서에 가서 조사를 받았다. 자기 집에 숨겨두었던 서버실을 폐쇄하고 기계들을 폐기 처분 한 것도 물론이었다.

호라이즌 이사회와 주주들은 그야말로 패닉에 빠졌다.

늘 굳건했던 회장 노아가 일으킨 물의도 수습하기 전에 그 딸이 크게 한 방을 먹인 것이나 다름없는 상황이었으니 말이다. 이대로 회사는 문을 닫게 되는 건가? 시가 총액 국내 1위에, 수십만 명의 직원을 거느린 회사였으므로 여파를 차마 짐작도 할 수 없었다.

리사에게 징계를 내려야 하는 거 아니냐, 경쟁사로부터 지령을 받는 거 아니냐, 사주 가족의 개인적인 일탈이었다고 공식 입장을 발표해야 하는 거 아니냐부터 시작해서, 각양각색의 의견이 사원들 커뮤니티부터 여야 국회의원들의 그룹 채팅 방에서까지 오갔다. 그야말로 일촉즉발의 상황이었다.

그러나 얼마 지나지 않아, 호라이즌의 희망은 결국 그 기자 회견에 있었음이 밝혀졌다.

성실하게 조사를 받고, 피해자들을 일일이 찾아서 대신 사죄하는 리사의 진심이 일부 사람들에게는 전해지고 있었다. 무엇보다, 사과 기자 회견 이후 리사가 다시 내놓은 '라이프 랜드스케이프' 5세대 상품은 여전히, 오히려 이전보다 더 잘 팔리는 중이었다. 더뎠지만, 회사는 안정을 찾아가기 시작했다.

물론 리오를 비롯해서, 리사를 곱게 보지 않는 사람들은 많았다.

자신이 저지른 일들에 대한 책임을 지고 구속된 노아의

경우는 말할 것도 없다.

다시 한번 또 길고 지루한 법정 쇼를 기획했던 아버지가 요청했던 증언을, 리사는 단호히 거절했다. 이미 여론과 상황이 돌이킬 수 없는 지경이었던 것을 결코 모르지 않을 텐데도, 노아가 미친 듯이 분노하며 리사에게 모든 책임을 돌리면서 저주를 퍼부었다는 소식은 이미 들었다. 하지만 리사는 눈 하나 깜짝하지 않았다.

그리고 리사는 다시 자신이 있던 자리로, 호라이즌의 연구소장실로 돌아왔다.

그토록 원했던 호라이즌 그룹의 총수가 될지는, 솔직히 알 수 없었다. 너무 많은 적을 만들어 버렸으니까. 하지만 더는 그게 중요하지 않은 기분이었다.

그 대신, 조용히 자신의 싸움을 준비했다.

리사가 제일 먼저 한 일은, 라이프 랜드스케이프를 한 번도 사용하지 않은 반대 운동 그룹의 사람들을 찾아가 진심으로 사과하고, 그들이 아직 가지고 있는 기억을 청취한 뒤 그를 뒷받침하는 자료들을 수집하는 것이었다. 특히 호라이즌 초창기, 그중에서도 혜성처럼 호라이즌에 합류한 한나에 대한 기억이 중요했다. 그가 경영 부진으로 사업을 접을 뻔했던 전자 사업 파트를 완전히 기사회생시킨 일에 대해, 그가 가지고 들어와 업그레이드해서 수백만 대를 팔았던 휴대용 게임기와 그 후에 개발했던 수많은 상품에 대해, 그 대단한 업적들에 대해 들을 때면, 리사의 가슴이 두근거렸다.

이미 리사를 포함한 많은 라이프 랜드스케이프 유저들이 그 게임기와 더불어 한나라는 존재를 완전히 잊어버리고 있었다.

몇 달 뒤, 리사는 레트로 콘셉트로 해당 게임기를 재출시했고, 한나의 업적과 관련된 자료들을 모은 전시를 꾸려 호라이즌 연구소 로비에 설치했다. 누가 뭐라고 하든, 조금도 신경 쓰지 않았다.

그다음이, 노아였다.

재이는 "감옥에서 죽은 것처럼 사람을 빼 왔다"고 했는데, 자신도 감옥에 있는 그를 그냥 콱 죽여 버릴까 여러 차례 생각해 보기도 했다. 하지만, 아무래도 그건 오히려 그를 너무 편하게 해 주는 일 같았다.

어렸을 때부터 폭행당한 기억과 증거는 고스란히 남아 있었지만, 아동 학대의 공소 시효는 이미 끝나 있었다. 억울했지만, 정말 아버지에게 묻고 싶은 죄는 따로 있었으니 상관없었다. 하지만 문제는 엄마에 대한 리사의 기억이 이미 랜드스케이프를 통해 다 지워졌다는 것이었다. 평생 도움이 안되는 오빠 리오나 그 밖에, 이미 이 기기를 사용해 버린 측근들도 마찬가지였다.

그래서 리사는 출시 이후 한 번도 라이프 랜드스케이프

를 직접 사용하지 않았던 교활한 노아에게 사용 명령을 내려 그의 뇌를 스캔해 달라고 법원에 요청했다. 랜드스케이프로 수집된 기억이 지금의 법정에서 효력이 있는 증거로 인정받기가 어렵다는 것은 이미 알고 있었다. 하지만 일단 노아의 기억을 스캔한다면, 그것을 체험하거나 본다면 모두에게 더 없는 참고 자료가 될 것은 물론, 어쩌면 잃어버린 자신의 기억 일부도 다시 떠오를지 모른다는 생각이 들었다. 그것이 원래 사람들이 기억을 유지하고 되살리는 전통적인 방법의 하나기도 하니까. 직접 말해 줄 생각이 없다면, 강제로 보는 수밖에.

스캔한 그 사람의 기억 속에서 어쩌면, 또 다른 끔찍한 것들이 나올지도 모른다. 미처 끝을 가늠할 수 없는 깊은 심연 앞에 선 기분이었지만, 리사는 마음을 굳게 먹었다. 무엇이 나오더라도 피하지 않고, 잊지 않고 마주할 것이다. 그것이 자신에게 주어진 사명임을 이제는 확신할 수 있었으니까.

리사가 이 건을 가지고 변호사를 찾기 위해 제일 처음으로 로펌들을 돌았을 때, 모든 이들이 난색을 표하며 리사를 피했다. 그때 알았다. 감옥에 들어가 있는데도, 이렇게 몰락했는데도 다들 아직 노아의 눈치를 보고 있었다. 또 살아 돌아올지도 모른다고 생각하는 거다. 아니면 자신의 성공 가능성을 낮춰 보는지도 모르고. 어느 쪽이든 화가 났지만, 이내 체념했다. 뭐, 어쩔 수 없지.

결국, 이제 막 사무실을 차린 지 얼마 안 된 변호사가 거액의 수임료에 덥석 물었다. 그러곤 부랴부랴 사건을 검토하며 말했다.

"근데 너무 오래된 일이긴 하네요…… 이걸 이제 와서?"

리사가 무표정하게 대답했다.

"살인죄에 왜 공소 시효가 없어졌는지 아세요? 영원히, 자기가 저지른 죄를 잊지 말라는 거예요."

그래서 피해자가 영원히 잊지 못할 그 기억을 늦게라도, 조금이나마 - 바로잡으려는 거예요. 그게 그다음에 남겨진 사람들이 할 수 있는 유일한 일이니까. 그냥 잊으라고 하는 게 아니라요. 이걸, 그때도 알았으면 좋았을 텐데요.
그렇게 속으로, 조용히 덧붙였다.

*
오늘, 리사는 전 세계적인 인기를 자랑하는 태국 인플루언서와의 미팅을 그럭저럭 마치고 돌아가는 길이었다.
인생도, 목표도 완전히 달라져 버렸으니… 천천히 더듬

어 가면서 나아가는 수밖에 없다.

오랜만에 경험하는 무더운 공기 때문인지 유독 지친 기분이 들어서, 리사는 항공사 VIP 라운지에 왔다. 지난번 방문 때는 그럴 기분조차 나지 않았었는데, 오늘은 배가 고프기도 했고 좀 편하게 쉬고 싶었다.

생각보다 사람이 많아서 리사는 뷔페에서 대충 요기를 마치고, 안마의자가 있는 곳으로 향했다. 출발까지는 아직 두 시간 가까이 남아 있었다. 조금 쉬면서 생각을 정리하고 싶었다.

눈을 감고 편안히 안마의자에 몸을 맡겼다. 이대로 잠에 빠지고 싶다고 생각했지만, 아침부터 몇 잔이고 들이부은 카페인에 각성된 기분이 쉽게 가라앉지는 않았다.

그대로 잠시 눈을 쉬면서 멍하니 있는 것도 나름 괜찮은 휴식이 될 터였다. 그렇게 생각하는 순간, 인기척이 느껴졌다. 누군가 비어 있던 옆 의자에 앉은 것 같았다. 그것부터 뭔가 예감이 좋지 않았는데, 언제나 슬픈 예감은 틀린 적이 없었다.

"여기 자주 오세요?"
"…아니요."

리사는 빨리 대화를 끝내기 위해 최대한 사무적인 목소리를 냈다. 그러나 상대는 눈치가 별로 없는 사람인 것 같았다.

"그러시구나. 저는 오늘 처음 와 봤어요."
"네에…"
"근데… 보니까 자주 와 보신 것 같은데."
"네?"
"여전히 거짓말이 서투시네요, 공주님."

그 말에, 리사는 저도 모르게 눈을 떴다.
그곳에, 있었다. 선글라스를 낀 채, 태연하게 안마의자에 폭 안겨서 종아리와 어깨 마사지를 받는 중인, 재이가.

리사는 당장 그 자리에서 일어나려고 했지만, 자신의 전신을 편안하게 풀어 주기 위해 온 몸을 단단히 붙잡고 있는 안마 의자가 도저히 놓아 주질 않았다…!
반응이 느린 정지 버튼을 연타해서 겨우겨우 의자에서 벗어난 리사는, 그대로 재이가 앉은 의자의 정지 버튼도 눌렀다.

'아 왜 그래, 지금 딱 좋은데……'라고 재이가 구시렁거리는 소리를 무시하고, 그의 팔목을 끌어당겨 자신의 앞에 세웠다.

그리고 그와 마주서자마자 세차게, 짝– 소리를 내며 재이의 뺨을 내리쳤다.

재이의 선글라스가 날아가 바닥을 굴렀다.

주위의 몇몇 사람들이 이쪽을 돌아보는 시선이 느껴졌다.

재이는 고개를 떨구고 아무 말이 없었다. 어이가 없다는 건지 뭔지 모르겠지만 살짝 웃는 것도 같았다.

그리고 또 무슨 변명이라도 하려는 듯, 입술을 달싹거리는 재이를 리사는 그대로 끌어안았다.

재이는 말문이 막힌 듯, 아무 말도 하지 못하고 리사를 마주 안지도 못한 채로 어정쩡하게 가만히 서 있었다.

"……어떻게… 또 그렇게 사람을 속일 수가 있어?"

매일 상상했지만, 현실이 될 거라곤 생각하지 않던 순간이었다. 절대 울지 않을 거라고 생각했었는데, 리사는 결국 눈물을 터뜨리고 말았다. 재이가 가만히 리사의 귀에 대고 말했다.

"······나도 멋진 일 하나쯤은 하고 싶었거든. 다 네 덕분에 할 수 있었던 일이야. 알잖아."

"닥쳐. 웃기지 마. 핑계 대지 마······."

리사가 악에 받친 목소리로 대답했다.

재이가 미안함을 감추려는 듯 희미하게 미소를 지으며 말했다.

"나리 씨 기억, 지우지 않아 줘서 고마워."

"······너한테 고맙다는 얘기 들으려고 그런 거 아니야."

나리 씨의 고통을, 그리고 그 사람 덕분에 만나게 된 너에 대한 기억을 잊고 싶지 않았어. 간직하고 싶었어. 그렇게 몇 번이나 뒤통수를 얼얼하게 얻어맞았는데도-.

리사는 속으로 가만히 생각했다.

"어머니 일도, 잘될 거야."

"최선을 다해 봐야지."

그렇게 끌어안은 채로 이야기를 나누기도 어색했는지 재이가 리사의 얼굴을 보려는 듯 상체를 밀어내려, 팔에 힘을 주며 말했다.

"나… 너무 원망하진 마. 난 떠났지만, 내가 너한테 세상을 줬잖아."

그러나 리사는 재이의 등 뒤로 두른 손에 더 단단히 깍지를 꼈다.

"니가 준 세상이니까, 너랑 같이 있어야겠어."

리사는 그 순간 자신이 끌어안은 몸이 살짝 흔들린 것을 느꼈다.

리사는 아직 그를 놓을 생각이 없다. 앞으로도 계속. 재이가 자신에게 안긴 리사의 등을 끌어안으며, 크게 숨을 내쉬었다.

"사라지지 않아 줘서, 무사해서… 다행이야. 사실 나… 정말 무서웠거든."

리사는 대답 대신, 차마 말로 다 할 수 없는 자신의 마음을 삼키며 재이를 더 꼭 안아 주었다.

라이프 랜드스케이프를 만들 때는, 정말 아무것도 몰랐다. 하지만 그로 인해 감당해야 할 일들이 이것이었다면, 리사는 이제 얼마든지 감당할 자신이 있었다.

그냥 잊고 흘려보내라는 말이 유일한 구원이던 적이 있다. 그때는 좋은 게 좋은 거라는 말밖에 붙잡을 것이 없었다.

혼자서는 결코 깨고 나올 수 없었을 세계를, 대신 산산조각으로 박살 내 준 사람이 지금 여기에 있다. 그 덕분에 리사는 몇 년 전의 자신이 기대하고 바라던 모든 것을 잃었지만, 오래전에 이미 지워 버렸던 자기 자신을 얻었다. 이 무모하고 교활하고 거만하며, 대책 없이 사랑스러운 사람도 함께.

앞으로 또 무슨 일이 생길지, 또 어떤 나쁜 기억이 깊이 새겨질지는 알 수 없다. 하지만 괜찮을 것이다. 아무리 괴롭고, 오랜 시간이 걸리더라도 반드시 나아질 테니까, 나는 그 기억과 함께 더 멀리 갈 테니까.

그 사실을 처음으로 믿게 한 사람을 안고 있기 때문인지, 리사는 평소답지 않다고 생각하면서도 마음속 깊이 퍼져 나가는 잔잔한 확신을 분명하게 느꼈다.

비행기 탑승 시각까지는 아직 한참 남았다.
이 순간이, 두 사람의 뇌리에 선명히 새겨지며 영원히 지울 수 없는 기억이 되어 갔다.

최지은 작가

살면서 복수를 꿈꿔 보지 않은 여자가 세상에 있을까. 다른 여자의 고통과 마주할 때마다 함께 이를 악물고 주먹을 쥐었던 여자들은 또 얼마나 많을까. 도둑, 협잡꾼, 냉혈한, 거짓말쟁이, 규칙 위반자이자 포기를 모르는 승부사이기도 한 이 소설 속 여자들은 자신들이 머무르도록 그어진 선 밖으로 질주하며 우리가 때려 부수고 싶어 했던 세계를 무너뜨린다. 사막 한가운데서도, 지옥에 떨어져도 뻔뻔하게 웃으며 살아 돌아올 주인공이 함께 절벽을 뛰어넘자며 손을 내민다면 당신은 어떨까? 주저하기 전에 기억하자. 착한 여자는 천국에 가지만, 나쁜 여자는 어디든 간다.

전혜진 소설가

사람들의 기억이 업로드되어 행복하고 짜릿한 기억들만 언제든 다시 생생하게 체험할 수 있다면, 그런 기억들이 타인에게 생생하게 공유될 수 있다면, 인간의 기억과 망각이란 어떤 의미를 갖게 될까. 이 질문은 이미 현재 진행형이다. 이미 인간의 두뇌가 외부로 확장된 시대, 인터넷과 스마트폰이 외부 기억 장치와 클라우드 접속 단말 노릇을 하고, 저마다 SNS를 이용해 보고 듣고 느끼고 누린 것을 실시간으로 공유하는 지금, 민지형은 아직 오지 않은 신기술인 "라이프 랜드스케이프"가 빚어낸 미래를 통해, 첨단 기술과 자본주의가 우리의 기억을 지배하는 시대의 명암을 그려 낸다.

마치 SNS의 확장판 같은 발랄한 기술을 통해 사람들의 기억이 업로드되어 공유되고 재생되는 콘텐츠가 될 때, 경험한 기억과 생생한 망상이 뒤섞이고, 때로는 해상도를 높이거나 낮추며 수정될 때, 기억을 콘텐츠로 만들고 다시 체험하는 과정에서 어떤 기억이 타인의 의지에 따라 삭제되거나 변조될 때, 우리의 "기억"이란 어떤 의미를 가질까. 사람들의 비밀에 관심이 많고 선을 넘나드는 트릭스터 가사 도우미 재이와, 라이프 랜드스케이프를 만들었지만 정작 자신의 근원을 알지 못한 채 아버지의 억압에 짓눌려 있는 리사, 그리고 재계를 대표하는 그룹 호라이즌의 총수로 냉혹한 신처럼 군림하는 노아의 이야기는, 우리들의 "기억"에 대한 패러다임 자체를 흔들어 놓는다. 누군가의 끔찍한 기억이 타인의 음습한 욕망의 먹이가 되고, 개인의 기억을 권력을 쥔 자들이 입맛대로 손댈 수 있는 시대, 타인의 업적을, 정치인의 비리를, 기업의 과실을, 대형 참사와 노동자의 죽음을 사람들의 기억속에서 지우고, 다크웹을 통해 누군가의 악몽 같은 순간들이 "죽이는 파일"의 형태로 돌아다닐 때, 이 강고한 벽에 균열을 내는 것은 평생 잊을 수 없는, 잊고 싶지 않은, 혹은 잊어서는 안 될 기억의 힘이다. 누군가는 욕망을 위해 이용하는 타인의 기억에, 누군가는 공감하고 연대하며 복수에 나선다. 시스템에서 그 기억이 지워지더라도, 혹은 그 당사자가 죽는다 해도, 기억을 이어받는다는 행위는 뜻을 이어받는 일이다. 망각하는 자에게 주어지는 것이 무지가 주는 마음의 평화라면, 고통을 기억하고 의지를 이어 가는 자에게 주어지는 것은 미래로 가는 열쇠다. 기억하고 기록하여 과거를 미래로 만들어 가는 이들에게 영광이 있으라.

작가의 말

지어진 지 오래된 경기도 외곽의 복도식 아파트, 거실인지 안
방인지 헷갈리는 가장 안쪽 방, 작은 브라운관 TV 옆으로
DVD와 책들이 쏟아질 듯 쌓여 사방의 벽을 두르고 있던
그 공간을 지금도 기억한다.

　그리고 나는 그 방에서, 그 사람을 찌른다.

　실제로 있던 일과는 전혀 다른 방식으로, 피가 흐른다.

　그 장면을 떠올릴 때, 나는 사실 *그*를 찔러 죽이고 싶
은 것보다는 그때의 나를 구하고 싶은 마음이 더 크다고 느
낀다.

　하지만 가끔 은밀히 상상해 보는 것이다. 쫙- 아래로 찢
어발길 때 흐들흐들해지는 고무 같은 몸과 아무리 후려쳐도

얼굴에 일체형처럼 딱 붙어서 떨어지지 않는 신비로운 안경, 갈라진 가슴팍에서 꾸룩 뿜어져 나오는 끈적한 흰색 액체 같은 것을.

뭐 어떤가, 진짜로 찌르는 것도 아닌데.

그러니까 결국, 가장 돌아가고 싶은/싶지 않은 나의 기억 때문에 이 소설은 시작되었다.

*

이 소설을 쓰고 고치면서, '기억'이라는 것에 대해 오래 생각했다.

'잊지 않는 것'에 대해서도.

있어서는 안 되는 일이 또다시 벌어진 2022년의 가을. 그리고 그 일 때문에 거리로 나온 사람들이 모인 추운 겨울의 집회에서 "기억하겠다"는 말이 반복해서 울리는 것을 들으면서, 그 말의 진짜 의미에 대해 묻고 또 묻고, 지칠 때까지 다시 물어야만 하겠구나 생각했다. 분명히 지치고 고통스러운 일이겠지만, 도저히 그러지 않을 수가 없겠구나, 멈출 수가 없겠구나 생각했다.

어느새 조금 진부한 단어가 되어 버린 것 같지만, 여전히 우리에게 기억은 중요하다.

행복해서 언제든 다시 되새기고 싶은 기억만큼이나, 아니 실은 끔찍해서 다시는 들춰 보고 싶지 않은 기억이야말로─ 가장 끈질기게, 오랫동안 살아남는다.

그리고 그런 유의 기억들이야말로 내가 어떤 사람이 될지를 결정한다.

그 사실을, 그 낡은 아파트에서의 나는 미처 알지 못했다.

*

이 소설은 원래 단편으로 쓰였다.

자전적인 글을 써야 하는 워크숍이었다. 덕분에 지금의 '나'를 만들어 낸 순간들과 그 기억들을 떠올리게 되었고, 그 장면들을 자연스럽게 나열할 수 있는 소설적 장치로 '라이프 랜드스케이프'라는 가상의 기계를 고안했다.

그때부터 여러 번 "장편소설로 발전시켜도 재미있겠다"는 이야기를 들었고, 좀 더 시간이 흐른 뒤에야 정말 그렇게 해 볼까 생각하고서 안전가옥과의 협업을 시작했다.

그리고 2년여 시간 동안, 미처 예상하지 못했던 좌충우돌을 다 겪은 뒤에야, 비로소 장편소설로 완성할 수 있었다.

단편일 때부터 '라이프 랜드스케이프'의 개발자인 '리사'의 이야기를 하고 싶다는 생각은 했었지만, 이 버전의 '재이'를 만나기까지는 꽤나 긴 시간이 걸렸다.

안전가옥의 조이, 레미, 쏘냐, 카야 PD님들과의 대화 덕분이었다. 오랜 시간을 기다려주시고, 든든히 서포트해 주신 PD님들께 다시 한번 감사의 마음을 전한다.

처음엔 '라이프 랜드스케이프'를 통해 개인적 트라우마를 치료하는 여자들의 이야기가 되지 않을까 생각했다. 나에게는 처음 썼던 단편이 그런 의미였기 때문이다. 하지만 '재이'가 들어오면서 그보다 더 큰 규모의 모험으로 나아갈 수 있는 추진력과 활기, 여유와 위트가 생겼다. '리사'와 마찬가지로, 나 역시 '재이'를 만날 수 있어서 정말 다행이었다.

이 이야기를 읽으면서 머릿속에 떠올랐을 당신의 기억들이 궁금하다.

잊고 싶지만 잊을 수 없는 기억을 간직한 이들을 위해, 그러니까— 우리들을 위해서, 나는 이 이야기를 겨우 완성할 수 있었다.

오래 걸리더라도, 지치고 고통스럽더라도, 반드시 더 멀리 나아갈 거라는 그 믿음 하나를 꼭 붙잡고 싶은 날에 가만히 그 곁을 지키는 이야기가 되기를 바란다.

민지형 작가님은 안전가옥 픽픽 시리즈《모던 테일》의〈신데렐라 프로젝트〉로 안전가옥과 첫 인연을 맺었습니다. 동시대 여성들의 고민을 진지하게 성찰하면서도 통렬한 촌철살인으로 문제를 돌파하는 작가님의 이야기들을 흠모하던 저는 무엇이든 다음 작품 또한 작가님과 함께하고 싶었습니다. 〈신데렐라 프로젝트〉원고를 작업하던 중 운 좋게도 작가님이 이전에 집필한 SF 단편소설을 공유받았고, 안전가옥은 이 소설을 장편으로 확장하기로 순식간에 결정했습니다.

   본 소설의 시작점이 된 단편소설은 작가님이 수업을 들었던 여성주의 글쓰기 클래스에서 모티브를 얻고 완성되었습니다. 이 작품을 장편화하는 과정에서 주인공도 메인 사건도 톤 앤드 무드도 많이 달라졌지만, 작가님이 놓치고 싶지 않았던 주제는 여전히 남아 있다고 믿습니다.

　《망각하는 자에게 축복을》의 두 여성 주인공 재이와 리사는 살아온 환경도 생각도 생활도 정반대에 가까운 사람들입니다. 재이는 밑바닥 생활을 흔쾌히 전전하며 돈 되는 일이라면 소소한 범법 행위도 마다하지 않는 거칠 것 없는 인생을 살아왔고, 리사는 소위 재벌 딸이자 IT 개발자로 아버지의 인정에 목말라 끊임없이 상승하고 싶어 하는 성취 지상주의자입니다. 평상시라면 결코 마주칠 일 없는 두 사람이 리사가 개발한 기억을 재생하는 기기인 '라이프 랜드스케이프'로 얽히게 됩니다. 매우 지독하게 말이죠.
　'기억'은 이 작품에서 중요한 화두입니다. 저도 이 작품을 프로듀싱하면서 알게 된 건데요. '기억'과 '상상'을 관장하는 부분이 뇌의 같은 영역이라는 사실을 독자분들은 알고 계셨나요? 기억을 다루는 기능과 미래를 상상하는 기능은 둘 다 해마가 담당합니다. 그래서 해마가 손상된 사람은 어제 뭘 먹었는지, 어린 시절 어떤 추억이 있었는지 기억하지 못할 뿐 아니라 "다음 주에 뭘 할 것인가"와 같은 질문에 대답할 수 없다고 합니다.
　즉, "기억하지 않는 자에겐 미래가 없다."라는 구호는 그저 상징적인 차원에 그치는 말이 아니라 과학적 진실에 가깝습니다.

두 주인공은 각자 끔찍한 기억을 지니고 있습니다. 한 명은 그런 기억은 잊어버리는 게 좋다고 생각하고, 또 한 명은 그럼에도 끊임없이 기억하기 위해 그 기억을 갖기 전에는 상상하지도 못했던 미래를 설계합니다. 왜 어떤 사실을 잊으면 안 되는지, 어떤 진실은 왜 잊히면 안 되는지 대한 나름의 대답이 이 책의 결말이 되었습니다.

한편으로 이 작품은 서로를 싫어하면서도 끌리는 정반대의 두 사람이 서로를 속고 속이며 끝까지 달려가는 속도감 넘치는 스릴러이기도 합니다. 두 사람이 서로를 잡거나 피하려고 계획을 짜고, 그 계획이 성공하거나 실패할 때 두 사람 사이에 피어오르는 증오와 애정에 대해 작가님과 많은 대화를 나눴습니다. 아무리 심각한 상황에서라도, 심지어 상대가 미울지라도 끌릴 수 있는 게 인간이라고 생각했어요. 그런 감정이 절망적인 상황을 견디고 돌파하는 에너지가 되기도 하고요. 말도 못 하게 위태로운 상황 속에서도 솔직하게 감정을 느낄 수 있는 여자들을 그리고 싶었습니다. 서로를 믿지 못하면서도 어쩔 수 없이 끌리는 두 사람이 서로 의심하고, 속이고, 맞부딪치다 결국엔 서로를 구원하게 되는 이 이야기는 그 무엇보다 뜨겁습니다.

괴로운 기억의 짐을 진 여성들이 SF라는 장치를 통해 더 멀리 나아가는 이야기, 매력 있는 두 여자 주인공의 팽팽

한 텐션을 느낄 수 있는 이야기라는 두 가지 목표를 독자들에게 잘 전달하는 것이 프로듀싱의 주안점이었습니다. 생각할 거리가 많은 내용을 복합장르 속에 잘 담아 경쾌하고 속도감 넘치는 이야기로 풀어낸 작가님께 다시 한번 박수를 보내고 싶습니다.

코프로듀서 임미나 PD와 기획 초기부터 개발 중반까지 코프로듀서로 함께한 정지원 PD, 작품 개발 당시 인턴으로서 함께 도움을 준 이수인 PD에게도 감사드립니다. 무엇보다도 이 책과 함께해 주시는 독자님들께 깊이 감사드리며 이 작품을 읽으며, 기억할 것들, 잊지 말아야 할 것들, 나아가 상상하고 싶은 것들을 떠올릴 수 있다면 기쁘겠습니다.

안전가옥 수석 스토리 PD
이지향 드림

망각하는 자에게 축복을

1판 1쇄 발행　2023년 4월 20일
1판 2쇄 발행　2023년 7월 14일

지은이　민지형

기획　안전가옥
콘텐츠 총괄　이지향
프로듀서　이지향, 임미나
　　　　　고혜원, 김보희, 신지민
　　　　　이수인, 이은진, 윤성훈, 황찬주
퍼블리싱　박혜신, 임수빈
편집　김미래(쪽프레스)
디자인　이경민
일러스트　이빈소연
서비스 디자인　김보영
비즈니스　이기훈
경영지원　홍연화

펴낸이　김홍익
펴낸곳　안전가옥
출판등록　제2018-000005호
주소　04779 서울특별시 성동구 뚝섬로1나길 5,
　　　헤이그라운드 성수 시작점 201호
대표전화　(02) 461-0601
전자우편　marketing@safehouse.kr
홈페이지　safehouse.kr

ISBN 979-11-91193-87-9 (03810)
값　16,000원